心有邻兮

一蚊丁 著

江苏凤凰文艺出版社
JIANGSU PHOENIX LITERATURE AND
ART PUBLISHING

- 001 第一话 ▼ 幸福来敲门
- 012 第二话 ▼ 奇怪的大叔
- 022 丁耳朵的童话之一：画笔
- 024 第三话 ▼ 万年青惊魂记
- 033 丁耳朵的童话之二：魔法
- 035 第四话 ▼ 往事如烟
- 044 丁耳朵的童话之三：稻草人和它的好朋友
- 046 第五话 ▼ 丁耳朵的生日
- 056 第六话 ▼ 一场误会
- 063 丁耳朵的童话之四：心声
- 065 第七话 ▼ 多角拼图
- 073 第八话 ▼ 意面英雄
- 081 丁耳朵的童话之五：比怪物还可怕的怪物
- 083 第九话 ▼ 天台和夜空
- 089 第十话 ▼ 父母的心意
- 096 丁耳朵的童话之六：住在画里的人
- 098 第十一话 ▼ 和好

- 107 第十二话 ▼ 去小岛
- 119 丁耳朵的童话之七：神奇的会发光的鱼
- 121 第十三话 ▼ 穿越时间的邂逅
- 126 第十四话 ▼ 喝酒以后
- 142 第十五话 ▼ 泼咖啡
- 146 第十六话 ▼ 不一样的『见家长』
- 150 丁耳朵的童话之八：会长猫的树
- 152 第十七话 ▼ 奇怪的走向
- 165 第十八话 ▼ 喜欢的事情
- 180 第十九话 ▼ 各有秘密
- 190 第二十话 ▼ 王姨生病
- 202 第二十一话 ▼ 游乐场
- 208 丁耳朵的童话之九：拼图
- 211 第二十二话 ▼ 画画风波
- 221 第二十三话 ▼ 妈妈
- 229 第二十四话 ▼ 没有结局，才刚开始
- 240 后记

第一话 ▶▶ 幸福来敲门

现在是周日的早上九点，林续靠着意志力行尸走肉一般走在回家的路上。路过天桥的时候，阳光有些刺眼，一个和他擦肩而过的姑娘正对着手机抱怨："我怎么这么倒霉，大周末的早上去加班。"

林续苦笑了一下，问手机上的Siri："嘿Siri，我怎么那么倒霉，大周末的通宵加班？"

Siri用标准的电子音回答他："我不知道你在说些什么。"

林续回到家一关上门就开始边脱衣服边往卧室走，这是他每天回家最舒服的动作，他的计划是走到床边的时候刚好脱到只剩下内裤，这样他就可以往床上一倒，沉沉睡去。

"嘿Siri，开启'勿扰模式'。"林续在倒下的同时对手机说道。林续最近挺喜欢和Siri说话的，不知道是因为方便还是因为他想跟谁说说话。

上周有个晚上难得。不用加班，林续不习惯在正常的下班时间离开公司，于是用电脑看了一部科幻电影《她》(*Her*)，剧情是未来世界一个男人爱上一个类似Siri但是比Siri高级很多的智能程序的故事，林续看电影的时候觉得自己和男主有点像，毫不怀疑那就是未来世界的另一个他会过上的生活。

然而林续才倒在床上没多久就听到了敲门声。他以为自己累到产生了幻听，仔细听了一下，的确有人在敲自己家的门，他只好不情愿地穿上裤子去开门。

一张好看的脸出现在猫眼里。这就是林续和丁尔夕的第一次相遇。要是仔细听的话，会听到那个时候有两扇门瞬间就打开了，一扇是眼前的，一扇是他心里的。

林续看得出了神，门外的人对他说了声"早上好！"才让他回过神来。

"你好，我是丁尔夕，是王姨让我找你的。她和你说过了吧？"丁尔夕笑脸盈盈地对林续说，"打你手机没人接，只好上来敲门了。"

笑起来更好看，林续在心里暗想。

王姨是林续的房东，这栋楼有六套房子是她的，每天买买菜跳跳广场舞，还有充足的时间花在她的个人爱好——牵红线上。

王姨通晓方圆几公里内数个小区的单身男女信息，经常给林续介绍女朋友，但是被他一次次婉拒了，没想到这回竟然那么靠谱。

不过，哪有那么好看的人一大早主动上门相亲的，莫非这姑娘是有一个长长的相亲名单要一天内相完而林续排在前面？不可能不可能，林续挠了挠头，试图让已经劳累了一个通宵的脑子再运作一下。

"到时记得这回事，别辜负了人家姑娘。"终于，林续想起王姨几天前对他有一个模糊的交代——帮一个新来的租客搬东西。

第一话 ▶ 幸福来敲门

原来不是相亲,林续不免有些失落。

"你等会儿啊,我洗把脸清醒一下。"即便来的不是一个让他心动的女孩,林续也不会推辞已经答应过的事情。

"呀,我不会把你吵醒了吧?"丁尔夕一听林续还没洗脸,满脸的笑意立即变成歉意。

"没有没有,这都十点了,比工作日多睡两小时了呢。"林续撑着二十六个小时没睡觉的倦容笑着说。敏感地捕捉别人的顾虑并且不让别人为难,一直是林续身上隐匿而珍贵的优秀品质之一。

"本来还想叫搬家公司的,但是王姨一听就让我别叫了,说东西不多的话找个车过来,找你就行,你们人真好!"

"那是,搬家公司又贵又麻烦。"林续附和。

王姨她不是第一回让林续干这种跑腿的活儿了,美其名曰:"你不能老宅着,你得多动动,身体动起来,邻里关系也动起来。"

碍于她在其他方面还算一个不错的房东,每次林续都只能在心里恶狠狠地说:"我谢谢你!"

但是这回,林续在心里是诚心诚意地说:"王姨我谢谢你!"

"那你等我一会儿啊。"说完林续立马关上只开了一条缝隙的房门,没有邀请丁尔夕进来先坐着。

且不说不想让她看到桌上没扔的泡面盒、厨房里没洗的碗筷,还有各种乱糟糟的细节。沙发上现在满是没洗的衣服，她也没地方坐。

这就是林续持续了几年的生活环境，大多数时间都无法见人。

林续小时候和不少小朋友一样，被妈妈说过自己是从垃圾堆里捡来的，其实他是相信的，要不怎么解释这个屋子乱到一定程度后反而让林续感受到一股故乡的亲切气息？林续心想，这大概就是乡愁吧。

"不好意思啊，家里太乱了，也没让你进去坐坐。"林续用两分钟洗了把脸，整理了一下衣服，还刮了刮胡子。

"是挺乱的啊。"丁尔夕笑了笑。

"啊？"

"不小心看到了。失恋啦？"丁尔夕的语气显得好像只有失恋可以解释这样的情况。

"比失恋还惨。"林续希望丁尔夕不要再问那是什么，因为他还没想好什么可以比失恋还惨。丁尔夕如他所愿没有再问，只是用看穿一切的表情对他微笑。

其实当丁尔夕说"看到了"的时候，她只是从门口的一条缝看到了林续的一部分生存空间。但是对林续来说可不仅仅是这样，做贼心虚的他觉得丁尔夕的目光会转弯，自己家里的所有角落一览无余。

电梯今天怎么走得那么慢，林续想要马上逃离这个尴尬的"小箱子"。

"东西还不少呢。"林续看着堆得像小山一样高的行李有些诧异。

第一话 ▶ 幸福来敲门

"介绍一下,这是我妹妹。"

妹妹?林续这才注意到行李小山的旁边坐着一个小姑娘,是一个可爱的小姑娘,说她拥有着天使面庞也不为过。

多好看的妈妈能生出两个这么好看的女儿,林续不禁在心里发出疑问。

"嗨!等久了吧,小妹妹?"林续不太懂得和小孩子打交道,于是像迪士尼里的玩偶一样挥手和她打招呼,也许学得不像,小妹妹没有理会他。

"她叫丁尔多。"

"耳朵?这个耳朵?"林续用手朝耳朵指了指,表示这名字有些好玩。

"你就当是这个耳朵吧,我们都这样叫她。"

"耳朵你好,以后我们就是邻居了。"林续再次对丁耳朵挥挥手。

丁耳朵依然没有露出让林续期待的天使般的笑容,她只是微微转过头,不耐烦地看了林续一眼,表示听到了他的招呼,便再也没有其他举动。

"她有点怕生。"丁尔夕替妹妹解释。

"没事没事,都怪我长得那么生。"林续笑着说。

丁耳朵已经听过几次姐姐跟人介绍自己怕生,完全没当回事,但这是第一次听到林续这样奇怪的回答,不禁抬头看了他一眼。

看到妹妹的反应,丁尔夕也"扑哧"笑了一下。

丁耳朵对林续冷漠仅仅是因为怕生吗?

林续是个经常犯蠢的人。比如上个月把钥匙忘家里,找开锁匠才开的门。比如上星期把公司群当成了私下的小群,说了好几句老板的坏话,被老板截图,至今还保存在老板的手机里。

几个小时以后林续才知道，把丁耳朵比作天使，才是他最近犯的最愚蠢的错。

林续帮着来来回回地搬东西，一共搬了七八趟，行李堆慢慢变少的样子让他想起了愚公移山的故事。

放下最后一件东西以后，林续感觉身体已经累得不像是自己的。

丁尔夕说要给他倒杯水喝，但是他没有回应丁尔夕，他听到丁尔夕在一个个行李袋里找热水壶，听到她说找到了，还说了什么他已经听不清楚了，因为他已经在沙发上沉沉地睡了过去。

林续做了个梦，梦到小时候的他在房间里看漫画，饭菜香和妈妈的催促声从客厅里传进来，他继续翻漫画想把它看完。漫画里的情节，是愚公带着一大群人在挖土移山，愚公长得有点像林续自己，然后有个姑娘来给他们送饭，样子有点眼熟。

丁尔夕？林续突然醒过来。

搬东西而已，这做的什么破梦啊。林续用双手捶打太阳穴，想让自己清醒一点。

"你醒啦，刚做好晚饭呢。"林续听到声音才注意到自己不是在家里，转头就看到穿着围裙的丁尔夕在收拾饭桌，一个让自己第一眼就心动不已的姑娘在自己面前收拾饭桌，此番景象对林续来说更像是在做梦。

"晚饭？"林续分明记得搬东西的时候是早上。

"你都在沙发上睡一天了，快去洗把脸过来吃饭。洗干净点哟，不好意

第一话 ▶ 幸福来敲门

思了。"丁尔夕笑了一下。

林续转头看到丁耳朵终于对他露出笑容,但不是微笑,而是一种诡异的笑。为什么不好意思,她们怎么有些奇怪?

林续恍恍惚惚地来到镜子前,发现答案已经一笔一画地写在他的脸上,没有署名也看得出来是丁耳朵的作品。

什么小天使,原来是个小恶魔啊。

后来又发生了一些事情叫林续以后牢牢记住,当丁耳朵露出这种笑容的时候通常表示"前方高能预警"。

"不好意思啊,看到你的脸遭殃的时候想帮你洗掉的,但是看你睡得那么沉,怕毛巾一擦就把你弄醒了。"看到林续洗好脸出来,丁尔夕跟他解释。

"弄醒倒不会,就是有可能会梦到一只狗在我脸上狂舔之类的剧情。"林续笑笑说。

林续坐在饭桌前,就坐在丁尔夕的对面,每看一眼丁尔夕都有一种做贼心虚的拘谨,于是开始环视四周。林续发现这个屋子的布置比他想象的要好,墙壁刷的是蓝色和淡黄色,墙上还挂着几幅风景画,家电什么的也一应俱全。

这里有家的感觉,和林续一个人乱糟糟的狗窝完全不是一种气息。

"除了家电,其他的东西都是原来的租户布置的吧,没想到那对小情侣还挺会生活。"林续在电梯里和他们偶遇过几次。"王姨说她只把房子租给她看得顺眼的好人,看来她眼光真的很不错啊。"丁尔夕也对这里很满意。

"王姨是挺有自己的一套原则的。"林续对此深有体会。

"什么是顺眼的好人,就是像他这样的吗?"一直没说话的丁耳朵听到这句话突然朝林续笑了一下,仿佛在质疑王姨的眼光也没有那么好。

对丁耳朵没来由的敌意,林续感觉背脊一凉,立即埋头吃饭。

"不许那么没礼貌!"丁尔夕瞪了丁耳朵一眼。

"噗……"丁耳朵吐了吐舌头。

上一顿饭还是在公司加班时吃的外卖,距离现在正好二十四小时,林续已经饿得前胸贴后背。但这不是桌上的这些菜肴如此美味的原因,丁尔夕的厨艺,出乎他意料地棒。

"明天还有东西要搬吗?"林续边狼吞虎咽边问。

"没有了呀,今天已经搬完了。"丁尔夕有点不明所以,"你都累成这样了,怎么还想着再搬一次?"

"他就是想继续吃你做的饭菜。"丁耳朵依然用小孩子不该有的仿佛看透一切的语气说。

"有那么好吃,怎么不见你好好吃,快把那几根青菜吃了。"丁尔夕又是一个怒视。

丁耳朵不情愿地夹起两根青菜,苦涩的样子像极了林续一个为了减肥每天只能吃沙拉的同事。此情此景在林续看来有一种一物降一物的快感。

"是真的好吃啊。"林续像一只两边腮帮子各塞了一个坚果的松鼠,傻笑着没有否认他的目的。

梦和现实的关系扑朔迷离,但是今天在沙发上做的那个怪梦,林续发现所有情节都能找到现实的投映。梦到愚公移山是因为搬东西的时候他冒出了

第一话 ▶ 幸福来敲门

这个想法,梦到丁尔夕是因为对她有好感,梦到妈妈则是因为飘进鼻孔的饭菜香,有他妈妈做的饭菜的味道。

他没有告诉丁尔夕,"你做的菜有我妈妈的味道",初次见面就说这样的话,跟"你长得好像我的初恋"差不多,感觉像是什么油腻拙劣的套近乎手法。

"对了,我在沙发上睡着前总感觉有什么事要跟你说,"林续扒着饭,"但是现在一点都想不起来了。"

"是不是想说不要录你打呼噜的声音?"丁耳朵晃了晃手中的手机。林续觉得一个九岁的小孩子不应该有手机,所以那是丁尔夕的手机,但是这些都不重要,重要的是丁耳朵按下播放键以后,手机立即传来了轰隆隆的呼噜声,不用想也知道是林续今天发出的。

"我说你刚才一直在这儿偷偷摸摸玩什么呢,人家林哥哥今天帮了我们大忙,你怎么一点都不知道感谢,还净捣乱,给我回房间收拾你的东西去!"丁尔夕把手机抢过来,按下停止键,不停地跟林续道歉。

"没事没事,她玩得开心就好。"林续想着丁尔夕听了一天自己的呼噜声,脸都憋红了,"我这是吵了你们一整天吧……要是身上有个开关就好了……不过……如果人的身上有开关……我更想治治电影院里吵闹的熊孩子……你不知道上次我去看一部期待已久的电影……兴致完全被几个熊孩子败完了……"

林续特别紧张的时候就会语无伦次,想到什么说什么,有时候显得有些莫名其妙,因为他想通过连续不断地说话盖过眼前的尴尬。好在他的人生里特别紧张的事情并不多,所以这样的语无伦次也没有发生很多次,但是林续不会知道,在认识这两姐妹以后,他还会经历很多紧张的时刻。

"熊孩子很好治呀。"已经走到房门口的丁耳朵听到林续的话又转过头来。

林续对丁耳朵已经有了些许了解,所以听到她一个孩子也管其他人叫"孩子"真是一点都没觉得奇怪。

丁尔夕告诉林续,上次她俩一起去看电影的时候也有个小男孩一直吵闹,小男孩的妈妈说了他几次都没用,丁耳朵实在受不了,直接把爆米花放到他面前说:"你再吵我就把这些爆米花塞你嘴里。"然后那个小男孩安安静静地一直待到电影结束。

林续突然觉得今天打了一天呼噜,丁耳朵只是在他脸上瞎涂乱画真是格外开恩。

"手机都拿出来了,我们顺便加下微信吧。"丁尔夕扯开话题。

"好啊好啊。"林续求之不得,甚至有点因祸得福的开心。

睡觉前,林续收到丁尔夕的一条信息:"今天谢谢啦,看你在沙发上睡得那么沉,昨晚其实熬夜了吧。以后还请多多关照。"

不仅长得好看,还善解人意,林续的心头突然体会到一股久违的美滋滋的甜意。

"别说以后,余生都由我来关照也没问题。"林续在输入栏里打下这句话,又马上删掉,带着一股得逞的开心改成:"以后也请多多关照我的胃。"

林续躺在床上看着天花板,天花板像块电影的幕布重播今天发生的一切,停,回放,幕布里一个镜头闪过,林续终于想起他在沙发上睡着之前想说什么。

第一话 ▶ 幸福来敲门

　　他在搬东西的时候发现有个人一直在远处看着他们,他觉得那个眼神很奇怪,再想确认的时候却发现那个人不见了。

　　林续握着手机还没想好怎么开口提这个事情,丁尔夕已经发来一个晚安的表情。

　　大概是多心了吧,自己怎么那么八卦,以后总有机会了解的。

　　林续咽回自己的疑问,也回了一个"晚安"。

　　是白天睡得太多了吗,林续感觉没什么困意。他闭上眼睛,看到的都是丁尔夕的一颦一笑。在他从猫眼里第一次看到她的瞬间,仿佛有一滴巨大的树脂从天而降将他们包裹,这一秒封存在琥珀里的记忆,将永远定格在他的脑海里。

　　林续不自觉地翘起嘴角,但是那个傻笑的弧度没有维持多久,因为头上长出了恶魔之角的丁耳朵突然拿着叉子冒出来:"有我在,休想对我姐姐有什么想法……"

第二话 ▶▶ 奇怪的大叔

"就不能穿这双狐狸的袜子吗？"

"不可以，今天是周一，一定要穿黑色森林的。"

"收拾东西的时候怎么没看到你那么有原则。快看看是不是在那个包里。"

出门上班的时候，林续隔着门听到丁尔夕和丁耳朵正在上演一场鸡飞狗跳的好戏，丁耳朵没有找到想穿的袜子，两个人正在边斗嘴边翻来翻去。

和乱得不像话的家里不一样，林续的生活一点不乱，非常简单，上班加班下班，然后在家里发呆。这样的生活和家里的乱倒是也有相似的地方——糟透了。

林续不禁对着丁尔夕的门口笑了笑，他带着好奇和期盼，自己死水一般的生活会不会因为她们的到来而发生一点变化？

三十岁的生日已经过了一百多天，林续发现自己陷入了一种无法伸展的惆怅，爸妈的年纪越来越大，白发越来越多，工作上没看到进步的空间，一直在得过且过。回到家里倒是感觉很有空间，因为当你希望是两个人一起生活的时候，多小的房子都会显得空荡荡。

第二话 ▶ 奇怪的大叔

　　林续感觉自己像是被粘在一个无形的蜘蛛网上，未来那些担心的事情犹如一只只蜘蛛正缓缓爬来。但是林续想挣脱这个网，他不想被蚕食，他对生活发生变化是充满渴望的。

　　一进到公司，李菲就给了林续一个熟悉的表情。在林续眼里，如果苦瓜会冲你笑，大概就是这种样子。

　　李菲是公司的几个 AE（客户经理）之一，负责客户和公司的文案、与设计师的对接，还身兼公司的生活管家，很多别人忙不过来的事情都归她管，谁让这是一个小公司。

　　林续很清楚，李菲一大早就露出这种笑脸通常表示"今天又得加班了"，但还是求证了一下："不是我想的那样吧？"

　　"就是你想的那样。"李菲充满默契地回答。

　　林续上周末通宵完成的旅游网站的方案没有通过，打开电脑，一大堆修改意见已经在邮箱里等着他。

　　作为一个广告公司的文案，想象力是很重要的，林续无数次想过，如果需要做一个打倒甲方的宣传就好了，他会让大家发现他的想象力有多么丰富，而且很快就能给出方案——因为他只需要把做过的那些噩梦描述出来就够了。比如一群张牙舞爪的怪兽，比如天空中一瓶巨大的红墨水倾倒，把整个世界淹没，像甲方标注修改意见一样规定这里是错的，那里是错的，每一栋楼宇、每一棵树、每一个人都打上红色的大叉。

　　打开了电脑以后就去茶水间泡杯咖啡是林续每天雷打不动的程序，也是他每天在公司里觉得最享受的几分钟。从高中的时候为了熬夜看书开始喝咖啡，到现在已经十几个年头了，林续甚至怀疑自己对咖啡的心理依赖已经大于它本身的效用，如果把板蓝根调成跟咖啡一样的味道、一样的颜色，他喝的时候也许会和喝咖啡的感受一样。

前天有一个独居女孩被外卖员入室非礼，这两天在网上闹得沸沸扬扬，公司的同事们正在茶水间闲聊这件事。

设计师梦梦愤愤不平："那浑蛋还说觉得姑娘穿睡衣开门是勾引他，怎么这么不要脸。"

李菲接话："幸好姑娘养了条哈士奇，差点没把他屁股咬掉。"

文案陈辰说："都说哈士奇是二货，关键时候也能救人啊。"

梦梦想到了自己："我也又是网购又是叫外卖的，每天都得给人开门，我是不是也应该养条狗？"

陈辰建议她："你可以用手机先按好110再开门，一不对劲，马上按下拨打键。"

梦梦觉得有点心寒："唉，我们只是点个外卖而已，怎么弄得像是拿着一个炸弹随时要跟人火拼一样。"

林续终于忍不住加入讨论："我也是一个人住,但我不想养狗啊,怎么办？"

众人一起抛来一个白眼："你就算了吧，你自己不就是一条单身狗吗？"

"准备不是了，嘿嘿。"林续没有理会大家对八卦的期待就转身离开，所以也没有听到大家在背后小声说的话。

"他不会是跟陈见鹿有猫腻了吧？"

第二话 ▶ 奇怪的大叔

林续捧着咖啡来到阅读室，这里是他寻找灵感的地方。根据这次的修改建议，林续打算先翻几本《人生必须看的五十种风景》之类的旅游书找找感觉。林续一直觉得这类书商业又俗气，很少翻阅，但是他也知道，商业和俗气恰恰是大多数甲方需要的。

这些书被摆在书架顶端一个要抬头才能看到，要踩凳子才能拿到的角落。林续拿书的时候觉得好笑，踮起脚才能摸到"关于旅游的事情"，真是他们这些可悲广告人真实的写照。

"不要那么沮丧嘛，我答应你，只要修改以后方案过了，就给你个奖励，这本旅游书里的地方任你选，费用公司全包。"

李菲走过来，把一本书拍在林续面前。

林续对李菲口中的奖励从来不抱希望，之前完成一个项目的时候，李菲给他的奖励是减轻他的工作负担，其实就是又给他招了个广告新人，林续非常郁闷，带新人明明是在压榨他的价值，算什么奖励。

林续这几年前前后后带过四个新人，前三个都是没撑过一年就辞职了，这个行业的流动性高得可怕，林续对外的名片上虽然印的是文案指导，其实经常没人给他指导，一直都是自己干活。

他朝李菲放在桌上的书扫了一眼，想看看李菲又在玩什么花样。

桌上的书让他很震惊。

"为什么会有一本这么厚的本市景点指南？我们的景点不就是那几个？这么厚都说些什么？精确到每个公共厕所的位置吗？"

林续做好了李菲不会那么好心的心理准备，但他现在更好奇这本指南的存在。

每次有外地的朋友问他这个城市哪里好玩，林续都发自真心地说："我觉得在咖啡厅玩手机最好玩。"现在竟然有一本这么厚的指南，他觉得他要好好做做功课，以后可以给别人推荐。

"好不容易翻出来的，好好看看吧，是分智几年前帮这家公司出的，你可以从中找找他们的口味。"

"又是分智啊……"林续的口气透着不满。

分智是本市知名度最高的广告公司，估计就是因为他们忙不过来，没接这个旅游公司的活儿，才轮到林续他们公司。林续反应过来，怪不得对方的人总是一副嫌弃他们的口吻，敢情是在拿他们和分智对比呢。

"师父，我们被毙稿了！"林续某个项目的"奖励"——还处于试用期的广告新人陈见鹿一脸沮丧地走进阅读室。

"又不是第一次白忙活了，你的脸不要这么臭。"林续的眼光没有离开分智的案例。

"师父你头都没抬就说我脸臭，你已经对我这么熟悉了吗？"陈见鹿的话中带着欣喜。一句话就能让陈见鹿的沮丧瞬间消失，林续一直对自己的这个魔法浑然不觉。

第二话 ▶ 奇怪的大叔

"我闻到的可以吗?"林续依然没有抬头看陈见鹿。

陈见鹿的脸不臭了,变得杀气腾腾。

陈见鹿大学学的是国际商务专业,和广告完全不沾边。

她面试的时候说因为看到一本广告文案集喜欢上了广告,所以放弃自己本专业的东西朝这方面发展。

林续知道那本广告文案集,上面的案例非常精彩、吸引人,但都是一些国际级广告公司的作品,服务的对象都是国际大品牌。

陈见鹿这么说,在林续看来就像是一个普通人因为觉得当明星很光鲜而想进到娱乐圈那么幼稚。

"真实的广告根本写不到这些,你知道吗?"林续试图给她压力,又觉得这话不太对,有违自己对广告残存的些许信仰,于是调整了一下,"应该说,在我们这个城市、我们公司,很难出现你喜欢的那种创意。"

"但是我关注了咱们公司的网站,上面提到的公司案例我也觉得很好玩。这些都是我平时写的一些东西,请给我一个机会证明自己吧。"陈见鹿可能不知道正是她的这句话深深打动或者说提醒了林续——公司网站的案例精选平时都是林续在维护,最近还要负责新媒体宣传,收了她,以后能省不少力气。

林续又仔细翻了下陈见鹿写的东西,虽然她不是中文专业或者广告专业的,但是一直把写作当爱好,而且有些想法还不错,做广告这一行,文笔可以磨炼,对生活的洞察可是很难磨炼的。

"你能吃苦吗?我们做广告的经常要加班的,我们公司还是没有加班费的那种。"林续做最后的确定。

"如果是中药那种苦就不可以,加多少话梅都不可以,其他的苦没有问题。"陈见鹿坚定地回答。

还会开玩笑,林续在心底悄悄加了分。一起面试陈见鹿的 HR 对她印象也不错,林续就这样又收了一个不知道什么时候会离开的新人。

林续把分智的案例扔给陈见鹿:"好好看看,待会儿我们头脑风暴一下。"

"好的师父!"陈见鹿仿佛被林续打了一针"鸡血",响亮地回答,元气十足。虽然上次的头脑风暴,她刮出的风跟蝴蝶扇一扇翅膀没什么两样,当然也没有被采纳。

谁让自己刚入行又不是对口专业呢,这样的资历能进入向往的广告业已经让她觉得自己很幸运,更幸运的是让她遇到了挺照顾她的师父——除了特别嘴碎,特别喜欢损她。

中午休息的时候,大家喜欢点个外卖,然后抓紧时间刷微博追剧,林续不喜欢,工作了一上午有点闷,他喜欢趁着午饭的时间下楼吹吹风。和最近大多数时候的选择一样,他买了个汉堡来到公司附近的一个长椅上就餐。林续用汉堡做午餐已经持续了快两个月,感觉距离吃到反胃已经越来越近。在此之前的几个月,他的午餐一直是附近的一家拉面,他知道自己这个吃法不好,但懒得改变。就像他知道现在的生活不是自己想要的,但是不想改变。

或者说不知道如何改变。

第二话 ▶ 奇怪的大叔

林续戴上耳机,点开音乐播放器,他的听歌习惯和饮食习惯保持一致,开始单曲循环最近喜欢的一首歌曲。

一个背着帆布挎包的大胡子大叔走过来,"嗖"的一下坐到他的旁边,和他挨得很近。

林续看了看周围,明明还有一个长椅空着,对大叔的举动不明所以。

林续喜欢和陌生人保持距离,据说芬兰的人在排队等车的时候都是隔着三米以上的距离,对林续来说那里简直是天堂一样的地方,网上对于他这样的人还有个调侃——"精芬",也就是精神芬兰人。作为一个资深"精芬",他想快点吃掉这个汉堡,离开这里。

"我还在想什么时候可以找你谈谈,没想到在这里看到你。"大叔突然开口。

林续在音乐声中只看到大叔的嘴巴大张大合,他摘下耳机:"你说什么?"

"我说终于找到你了!"大叔加大声音说,不管林续已经摘下了耳机,震得他的耳膜生疼。

林续在脑中搜索了一遍接触过的客户、小区住户,甚至外卖小哥,看着大叔一脸不解:"我们认识吗?你是……"

"你是尔夕的男朋友?"大叔问林续。

林续怔怔地看着大叔,大叔也怔怔地看着他。

他的脑中终于想起了什么:"你是那天在远处一直看着我们搬东西的人!"

大叔没有否认林续的说法:"你还没有回答我的问题,是不是她的男朋友?"

林续本就有些奇怪丁尔夕为什么带着丁耳朵租房，又想起早上同事们说的入室非礼事件，他也看了那个新闻，新闻里的人和这个大叔都是大胡子，这么一联想林续就感觉这是坏人的标配。

　　不论她们是和这个奇怪的男人有纠葛，还是被他盯上了，林续都觉得不能让两姐妹陷入困境。

　　最让林续确定这个大叔和丁尔夕不是良好关系的一个依据是：如果是熟悉的人，他怎么可以看着她们那么辛苦都不过来搭把手！

　　他决定保护两姐妹："对啊，我是丁尔夕的男朋友，你不要找她们的麻烦，有什么冲我来，我会二十四小时随时看着她们！"

　　林续有些激动，嘴里噼里啪啦地蹦出一堆话，导致一片青菜叶子喷到了大叔的脸上，气氛十分尴尬。

　　此时的林续觉得这个奇怪的大叔做出任何可怕的事情都不奇怪，所以在大叔的手往挎包里面伸的时候，他紧张得屏住了呼吸。

　　刀，还是枪？原来是纸巾啊……

　　林续呼了口气，看着大叔抹了抹脸，站起来，留下一句："找她们的麻烦，她就是这么和你说的吗？好吧"便转身离去，留下一个落魄的背影。

　　林续觉得这事很古怪，马上给丁尔夕发了微信："尔夕，我觉得我有些事想跟你说一下。"

　　丁尔夕回他："我在忙呢，如果不急的话，今晚在我家里见。"

　　林续放下手机，坐在长椅上有点恍惚。

　　每个像林续这样痛恨自己的平淡生活的人，都会遇到这样一种时刻：只

第二话 ▶ 奇怪的大叔

要一个举动就能像往死水里面砸进一块石头那样，激起层层浪花，让你的生活发生变化，即使这个变化不一定是好的变化，而你还是选择砸了这块石头，因为浪花也是花啊，太过沉闷的生活，实在需要一朵管他什么花。

不过……男朋友嘛……自己是怎么敢说出口的……才刚认识一天，是不是太唐突了……以后连普通朋友都做不成了怎么办……这块石头，好像有点大……

丁耳朵的童话之一：画笔

从前有个王国，国王、王后和两个公主幸福地生活在一起。

他们什么都不缺，因为国王有一支神奇的画笔，想要什么都能画出来。

但是有一天，大家发现国王变了，他因为有了画笔，不再和家人一起过平常的生活。以前他会每天陪两个女儿一起观察植物，一起玩耍，一起在王宫里捉迷藏。现在呢，需要什么他就画出来，他总是一个人待在他的大殿里，为那支画笔发了狂。

王后希望国王多陪陪家人，但是劝不动他，两个公主看到母亲偷偷抹泪的时候伤透了心。

她们想要离开那个王宫，但是国王没有同意，他觉得他能给她们最好的生活。国王画出了很多护卫巡逻，不让她们逃离。

"如果我们把笔偷来毁掉，父亲是不是就能恢复从前的样子了？"妹妹问姐姐。

"可以试一试。"姐姐说。

她们趁国王睡着的时候偷偷来到他的身边，就在画笔到手的时候，国王突然醒来了。

国王发现了她们的意图，带着之前画出来的护卫追赶过来，要夺回画笔。

小公主拿着画笔躲在一个角落。她曾想过，在这个角落玩捉迷藏，一定没人能找到她，但是在发现这个角落以后，她再也没有玩过一次捉迷藏。她知道自己躲不了很久，而且姐姐和妈妈也快被捉到了，她决定学着爸爸平时的样子，口中念念有词地开始画画。她成功了，一个人在她的画笔下出现，并且为了她们冲向国王。

国王和一些护卫挡住那个人，另一些护卫朝画笔冲过来。小公主来不及画画了，她只好把笔扔到了城堡外画出来的湖里，那些护卫毫不犹豫地一起冲进湖里。

那个人还在和国王扭打，虽然是个线条很粗糙的人，但是小公主在画那个人的时候心里想的是从前的父亲，那个会陪伴她们、关爱她们的父亲。

两个公主趁着混乱带着母亲离开了城堡，她们不关心城堡后来发生了什么，她们只希望重新过上快乐的生活。

第三话 ▸▸ 万年青惊魂记

林续整理了一下衣服、头发,开始敲门。这个只有在面试的时候才会做的动作,他站在丁尔夕的门口就不由自主地做了出来。

敲了三次门以后,丁耳朵开了门。

"耳朵啊,你姐姐呢?"林续还是不知道怎么和她打交道,步步为营地谨慎交流。

"她一会儿就回来,说你过来的话就让你等等。"丁耳朵坐回沙发,继续吹着风扇看她的书。

"这么热的天,怎么不开空调啊?"

"坏了。风扇也挺舒服。"

"你们就两姐妹住这里吗?爸爸妈妈呢?"

丁耳朵抬头瞪了他一眼。

"你读几年级来着?"

丁耳朵翻了一页书,依然没说话。

"你们现在都学些什么啊,能让我看看你的课本吗?"

第三话 ▶ 万年青惊魂记

"要是不知道聊什么，我们可以坐着不说话的。"丁耳朵终于冷漠地回了一句。

"那你觉得我们可以聊什么呢？"林续问完这句话就后悔了，他从来没有被一个小姑娘像端详一个傻子一样注视那么久，几颗豆大的汗珠从他的额头渗出来，他知道这不是天气热的原因。

幸好手机铃声及时地打破平静，是个未知号码，林续接通，对方说："先生你好，需要办理保险吗？"

要是平时，林续肯定就直接挂掉了，但是现在不一样。"这个事情我想了解一下再做决定，你给我详细说一下可以吗？"他边说边朝阳台走去，他对可以脱离房间里诡异的气氛去阳台待着求之不得。

不知道是林续走得太急还是这台风扇的电源线太长，总之他一不小心踢到了电源线，风扇应声而倒，他也失去平衡朝墙边的万年青撞去。他想控制自己，在半空中扑腾得像只准备被杀的鸭子，但是鸭子有翅膀，他没有，所以他的扑腾没有让他飞起来。随着"哐当"的碎裂声，万年青被他碰碎在地，花泥撒了一地。

更惨的是，电风扇虽然倒了，但是插头还插在插座上，所以扇叶还在转，风把花泥吹得满屋子都是。

林续赶忙爬起来拔掉风扇的插头，转身发现丁耳朵用他从未见过的惊讶表情看着他。

"我……我明天就去给你们买一个新的花瓶……我马上把你们的房子弄干净……"

"爸……爸爸！！！"丁耳朵的嘴里缓缓吐出两个字。

"对，对不起，这是你们爸爸送你们的吗？"林续心想，完了，好像比想象的严重。

"爸爸很喜欢万年青，所以他临死的时候，要求把他的骨灰混在泥土里种一棵万年青……"丁耳朵哆嗦着说，"现在被你撒成这样子，姐姐会难过死的……"

丁耳朵顿了一顿，突然目露凶光地看向林续："而且，爸爸不会放过你！"

爸爸临死的时候？骨灰？丁尔夕会难过？

林续的脑子蒙了，他上一次脑子蒙掉是咖啡倒在了笔记本电脑上，毁掉了他的电脑和一个正在进行的策划。这一次，他不仅脑子蒙掉，连手脚都在发抖。

死者为大，她们的爸爸，现在满屋子都是，包括他的脸上。

"叔叔，我不是故意的，您大人有大量，不要怪罪我，我会常来给您和您的万年青浇水。您喜欢喝饮料还是红酒？喜欢什么我都给您浇。"林续边念念有词边一捧一捧地收集好地上的泥土。

"你们这是怎么了？搞得灰头土脸的。"林续还没想好怎么跟丁尔夕道歉，她已经站在门口了。

要不是那些泥土里混着她们的爸爸，林续羞愧得真想马上把头埋进去。

他脸色发青地看着丁尔夕，终于从蒙掉的脑子里挤出几个字："尔夕，咱爸被我给弄撒了，你杀了我吧。"

"什么咱爸啊，你在说什么？"丁尔夕莫名其妙地看着林续。

第三话 ▶ 万年青惊魂记

"这些泥土里不是混着咱爸的……"

丁尔夕的莫名其妙让林续突然想到了什么,从背后传来的丁耳朵的笑声及时验证了他的想法:"哈哈哈哈!大笨蛋,这都信。"

林续竟然被一个小孩捉弄成这个样子,丢了这辈子最大的脸,他以为自己应该很气愤。

但他是瘫坐在地上,一脸释然:"所以不是你们的爸爸呀,那就好,我可担不起这个责任。"

劫后余生的林续压根儿没有力气和丁耳朵算账,也不知道能拿她怎么样。他捡起一起摔在地上的手机,手机还保持着通话状态,那边的人说:"喂,先生你还在吗?你是不是摔跤受伤了?你看要是买了我们的保险就不用担心这种时候了哟。"

"我走了,这里就麻烦你收拾一下了。"林续有气无力地向门外走去。

丁尔夕来到天台找到林续,想问他到底发生了什么事。

"你怎么知道我在这里?"林续问丁尔夕。

丁尔夕不好意思地指了指林续的脚。

"我的脚怎么了?"林续不明白。

"你的一串脚印清晰地留在我们家和电梯之间,而电梯停在了顶楼,所以……"

"我这辈子可当不了罪犯,留下那么大的线索呢。"林续自嘲地笑了笑。

丁尔夕听林续解释了一番,终于知道具体发生了什么事情。

"真的非常对不起,我没想到耳朵对爸爸的恨已经到了这个地步。"丁尔夕满是歉疚。

"能给我说说发生了什么吗?"林续诚心想知道自己这场风波的缘起。

"当然应该告诉你,希望你听完以后能原谅丁耳朵对你做这么过分的事情。"

"我妈三年前和我爸离婚,离婚后和耳朵住一起。"丁尔夕才刚开口就已经有点哽咽了,"我也算是跟她们住一起,但是因为我在北京工作,所以主要是她们两个人一起生活。"

"她有躁郁症,离婚以后她的躁郁症越来越严重,还瞒着所有人把房子抵押了做投资,投资失败了。她觉得愧对我们,在半年前跳崖自杀了。"丁尔夕一直看着远方的灯火说这些话,"妈妈明明很难受,却要在我们面前演好一个正常的妈妈,一定很辛苦。"

现在的年轻人动不动就说自己焦虑、抑郁,但是林续看过一些相关的知识,知道真正的抑郁是一种难以痊愈的病症,是一种其他人都难以感同身受的痛苦。

林续瞥到丁尔夕的脸上有眼泪滑落,很后悔问出这个问题:"对不起,我不知道背后有着那么伤心的回忆,你就别说了吧,我不会怪丁耳朵的。"

"还是说完吧。"丁尔夕继续,"爸爸想把耳朵接过去一起生活,但是耳朵很倔,她对爸爸恨之入骨,觉得这一切都是因为爸爸抛弃了我们,在爸爸家里一直大闹。我就辞了北京的工作回来,带着她重新开始生活。妈妈的离开对她的打击很大,我不能让她觉得自己在这个世界上孤独一人。"

"原来这就是你们搬过来的原因。"

"不好意思,没几天就给你添了这么多麻烦。"

"你别这么说,但是泥土里放骨灰这个她是怎么想到的?"林续还没从当时惊魂中回过神来,也想转移话题,把丁尔夕从悲痛的回忆中拉出来。

"我记得以前和她看过一个电视剧,剧中有一个人用亲人的骨灰种植物,但是我没想到她会把这个情节转化为吓唬你的办法。耳朵她……真的很聪明,所以更需要我好好引导她。"

"也许你应该借她很聪明的大脑想想管住她的办法。"

"如果可以就好了。咦,你在开玩笑,看来没事了。"丁尔夕的脸上露出笑容,让林续终于放松了一下。

"希望耳朵不要想出更厉害的新花样了。其实今天她已经对我手下留情。"林续无奈地摆了摆手。

"哦?怎么说?"

"而且,爸爸不会放过你!"林续学着丁耳朵刚才突然严肃的神情,给丁尔夕详解她都错过了什么,"幸好她说的是'爸爸不会放过你',我看她那表情,她要是假装自己被你们爸爸附身,说的是——"林续在这里变成怨鬼的语气,"我不会放过你的!"

"那你得当场晕过去吧。"丁尔夕再次发笑。

"你——说——得——对——"林续保持着怨鬼的语气,他觉得这样也许可以留住丁尔夕的笑容。

"我其实觉得尔多可能是喜欢和你玩的,因为你俩的脑子都挺不正常。"

丁尔夕的笑容如林续的愿没有离开。

"对了,你找我干吗来着?"丁尔夕想起林续上门是有事情找她。

"啊,我现在脑子里都是那些泥土,你不提醒就把这事忘了。就是,今天有一个奇怪的大叔找我……"林续突然想到了什么,"等等,你爸爸是不是五十岁左右,头发挺长,留个大胡子,浑身带着一股艺术家气质?"他尽力描述怪大叔的样子。

丁尔夕有些惊讶:"背着个帆布挎包?"

"对,背着个棕色的帆布挎包。"

"听你的描述,应该是他没错了。他找你干吗呀?"

"他来问我……"林续有点说不出口。

"嗯?"

"问我是不是你的男朋友。其实那天你们搬家的时候他一直远远看着,我以为是路人就没跟你说。"幸好现在是晚上,丁尔夕应该看不出来林续说完这话以后脸上的颜色。

但是丁尔夕没有显得很惊讶:"原来是这样,这还真是他会做的事情呢。然后呢,你怎么回答的?"

"因为我不知道他是你们的爸爸,以为是什么心怀不轨的人,就说了是的……你放心,我可以马上跟他解释清楚。"

林续语无伦次地给丁尔夕说了那个入室非礼事件,说了自己的担心,说了他一紧张就会瞎说话的毛病,借以掩饰他自称丁尔夕男朋友的尴尬。

空气安静了几秒钟。

第三话 ▶ 万年青惊魂记

"哈哈，"丁尔夕不知道是在笑林续的回答还是笑他慌乱的解释，"这样也好，他可以比原来放心一点了。"

"所以，我还需要跟他解释一下其实我不是吗？"

"不仅不需要，如果没有妨碍到你，我还希望你一直假装我的男朋友。他肯定很担心我和耳朵两个人一起住，就让他以为我们是住在你的隔壁，让他省点心吧。"

"不妨碍不妨碍。"林续松了一口气，"看来你并没有很讨厌你的爸爸。"

"其实，他没有做错什么。他一直跟我说耳朵很排斥他，但是让我担下这个责任更加让他不放心。我就告诉他让我试试，会遇到好的时机让耳朵明白的。"

"她渐渐就会明白的，加上她那么聪明，就会明白得比别的孩子快，可能明天就明白了。"林续安慰丁尔夕。

"明天就太快了，我们还是要现实一点，要不下个月吧。"丁尔夕用玩笑回应林续的安慰。成年人的默契就是心照不宣地开一些合适的玩笑，给生活的苦水加几粒糖。

丁尔夕的生活自从妈妈离开了一直混乱到现在。先是失去妈妈，承受了难以言喻的痛苦，然后离开北京的生活，夹杂着失恋的伤心找房子、照顾耳朵，一件件事情压在她的身上。爸爸说不应该让她承受这些，即便丁耳朵很反抗也应该由他来照顾，但是她想试试，于是硬撑到了现在。

这个帮了她们不少忙的新邻居，就这样突然搅进她们的生活，还阴错阳差成了在爸爸那里挂名的男朋友，丁尔夕感受到了生活在一阵狂风暴雨之后对自己的一丝善意，就像是天台上这拂面的暖风。

"你回去以后不要惩罚耳朵了，我作为受害者主动为她求情。"林续再次叮嘱丁尔夕。

丁尔夕望着远方，没有回林续的话，因为对她来说，刚才更像是又吹到了一股暖风。

丁耳朵的童话之二：魔法

树懒小时候以为自己有魔法，

因为它心里很想吃栗子蛋糕的时候，

晚上回到家就看到栗子蛋糕出现在桌上。

它做梦梦到旋转木马的时候，

周末就真的去了游乐园，还吃到了超甜的棒棒糖。

最神奇的是，

它无论是在树上、秋千上、小河边，

还是在哪里睡着，

都会在自己的床上醒来。

可是，

妈妈离开了以后，

这些魔法都消失了。

第四话 ▶▶ 往事如烟

林续以为万年青事件就这样结束了，但是他低估了恐惧感的后劲。

那天到了公司，和往常一样，林续在茶水间准备泡咖啡。

陈见鹿不知从哪里冒出来跟他打招呼："师父早！"

这一声也算不上很大声，但是林续由于有点恍惚，就被她吓到咖啡粉掉了一地。满地的和泥土颜色很像的咖啡粉，在他眼前慢慢变多，犹如花泥事件的噩梦重现，丁耳朵得逞的笑容又浮现在他的脑海中。

"师父！师父！"陈见鹿把他从噩梦中唤醒，"对不起，对不起，我吓到你了，这个咖啡粉很贵吗？我给你买新的。"陈见鹿慌张不已。

"不不不，不是你的问题。"林续回过神来。

"怎么不是我的问题，它们肯定很贵，你得多心痛才会定定看着它们那么久！我上次排队很久才买到的点心掉到地上的时候也和你一样的表情，我明白的！"

"我真的没有很心痛……"林续感觉自己的辩解在陈见鹿已经下了确定的事实下很无力。

"要不,我给你买一星期楼下咖啡店的咖啡赔罪吧,求求你给我个赔罪的机会!"陈见鹿强烈要求。

真不是陈见鹿的问题,但是林续怎么能告诉她自己昨天是怎么被一个九岁的小女孩欺负的,对,就是欺负。

不过白喝一星期的咖啡也不错。

"好吧,拿铁加奶少糖。"林续表示同意。

"我这就去买今天的。"陈见鹿得到他的谅解,喜笑颜开,又似一阵风一样奔下楼去。

林续看着她的背影无奈地摇了摇头,想告诉她其实今天喝不喝都行的,因为刚才被她这么一吓,他已经比喝过咖啡还精神了。

旅游网站重新修改后的方案已经发过去,在等回复的时候难得偷闲。

小的广告公司就是这样,忙的时候像个陀螺团团转,每个人都像是游戏《模拟人生》里开了二倍速的人物;闲的时候可以随意看书上网,毕竟观察生活、了解当下热点也是广告人的工作里特别重要的一部分。

林续喝着咖啡在阅读室里看书,看到陈见鹿面前摆了一堆广告案例在认真地做笔记,看到重要的部分还用手机拍下来,让他仿佛看到刚进公司时的自己。那时他也以为自己会像广告界的翘楚大卫·奥威格一样,要用一句话改善一家企业,要用一个创意十足的方案给公司带动十倍的销量。

结果呢,遭遇了无数的挫败以后,林续终于接受了现实:广告首先是为甲方服务的,他们满意才是第一重要的事,其他都不是。如果他们想要的是

第四话 ▶ 往事如烟

LOGO放大和字体放大的风格，你就不要妄图推销自己的创意，只会吃力不讨好。

林续知道陈见鹿不久以后也会有这样的疲惫感，他仿佛看到陈见鹿身上一个叫作梦想的气球爆炸了，不是被某根针扎破的，而是弹开一根根针以后，终于撑不住满身的伤痕自爆的，他希望陈见鹿的这一天来得越晚越好。

"走吧，去提案了！"李菲轻轻敲了敲阅读室的门。

小的广告公司还有一个情况是经常一个人身兼几个项目，现在他们要去提案的就是个新项目。

也不是所有的甲方都像魔鬼一样，也会有机会遇上合拍的甲方，所以林续每次都会抱着一点点期待，那个"一点点"的量控制得刚刚好，遇到了会很高兴，没遇到也会因为已经麻木不会感到失落。

林续发现自己每天起床的时候，对今天会有好事发生的期待也是控制在这样"刚刚好"的量。

"要去提案吗？争取拿下来哦！加油！"老板刘西从办公室伸出一个头给他们一个握拳的鼓励。

刘西管理公司的主要办法就是用这个招牌的握拳给大家加油鼓励。

公司接到的项目少，就去给负责找客户的客户部加油。

下班离开时去给还在加班的创意部加油。

陈见鹿私下曾经对刘西有个比喻，说他就像拿着一个洒水壶，管理公司就像管理一堆植物，看到谁蔫了就给他浇点水。

林续回答她:"哦,那你觉得自己在刘总眼里是什么?多肉植物?"

陈见鹿气狠狠地说:"反正不是仙人球,不然我现在就扎你一脸。"

"刚知道这次的提案分智也参与了。"在车上的时候李菲告诉大家。

"真是冤家路窄呀。"林续咬了咬牙。

"我们以前也有过像这样和他们一起提案吗?赢了吗?"陈见鹿问完这个问题就后悔了,因为林续和李菲都突然一顿,用沉默代替回答。

"我们还是聊些开心的事情吧。"林续跳过这个话题,"陈见鹿不是在朋友圈说自己最近水逆严重吗,来跟我们分享一下发生什么了。"

"你就这么喜欢看我倒霉?"陈见鹿知道林续的意图,再也没提分智的事。

去到要提案的甲方公司,分智的几个人刚结束提案,正笑着走出来,仿佛胜券在握。

其中一个人用标准的假笑和林续打招呼:"好久不见哪。"

林续回他:"没办法,我们小公司提案的机会太少,哪能和贵公司比。"

"你啊你,还是那么喜欢戗人。"那个人也没再多说什么,笑着从他们身旁离开了。

"这冤家的路也没那么窄,你们看赵余那么胖,也不用给他让一让他就走过去了。"林续不忘和大家调侃,同时看到陈见鹿刻意躲在李菲后面,不想让赵余发现的样子。

本来对这个提案大家还是有信心的,但看到赵余开心的样子,信心已经掉了一半。

第四话 ▶ 往事如烟

李菲开始解说 PPT，甲方人员一个个不是玩手机就是打瞌睡，直接摧毁大家最后一半的信心。

"关于我们的提案，请问大家有什么问题吗？"李菲笑着问。

平时问到这个的时候林续都会心头一紧，这就像上课的时候老师抽问，负责文案的他有一定概率要补充回答李菲回答不了的问题。

但是林续知道自己今天没有必要紧张。

"挺好的，我们会好好讨论一下。"甲方一个代表回答她，没有提出其他问题，和林续意料的一样。

大家对这个反应的意思心知肚明，李菲也没多说什么，散会后一句"时候也不早了，大家直接原地下班吧"便当作了今天的结束语。

虽然在做一个项目的时候被甲方折腾是广告人最痛苦的事情之一，但是还有一件更痛苦的事情：连被折腾的机会都没有。

这么一说竟然和爱情有点类似，林续心想。

"都怪我最近水逆。"陈见鹿看大家都不太开心，突然冒出一句。

"我有时候还挺喜欢新人的活力和天真的。"李菲对陈见鹿为了活跃气氛做出的不合时宜的"牺牲"翘了翘嘴角。

"谢谢你的认可。"陈见鹿认真地回答。

这回把林续也逗笑了，他觉得陈见鹿的理解能力有时候是有点偏差。

林续和陈见鹿一起朝门外走去，他抛出心中的疑问："你认识赵余吧？刚刚看到他的时候，你好像在躲他。"

"我……躲得那么明显吗？"

"像老鼠看到猫一样明显。"林续笑。

"也不是什么大事……"陈见鹿向林续坦白，"我去分智面试过，是他把我 pass 掉的。"

分智的知名度在这座城市是最高的，陈见鹿的第一考虑是它，林续一点都不觉得奇怪。

林续问陈见鹿："你先找他们是因为看过他们出品的广告吗？"

陈见鹿不好意思地点点头："我面试的时候没敢告诉你，我想进入广告这个行业，除了因为看过那本广告集，还因为看过分智当初为城市书房写的广告。我怕说出这个会长他人志气。"

陈见鹿当时没有说出这个原因，现在一不留神说出口还是觉得不太好，她忐忑地等待林续的反应。

"你很喜欢那个广告吗？"林续不仅没生气，反而脸有笑意。

"我当时就觉得很开心，没想到广告也不是纯粹的营销，还可以通过描述书对一个人的意义、对生活的意义，让人产生共鸣，走进书店。我也希望自己有一天能做出这样的广告。"

"你知道吗，如果当时你说出这个理由，你马上就会被录用。"

"为什么啊？"

"因为那套广告啊，是他抄我的。"

"啊?！"

第四话 ▶ 往事如烟

林续的思绪又回到刚开始工作的那几个月，那时他是赵余手下的实习生。

其实林续和陈见鹿一样，大学念的也不是和广告对口的专业，所以他很理解陈见鹿。他也是因为兴趣进入这个行业的，做好了各种被磨炼的准备。那时候赵余给他定了很多主题让他写东西，对他说："都说相声演员的肚子是个杂货铺，什么都要懂，其实广告人也一样，多练多想就会有感觉的。"

林续没再多问什么，拼命完成赵余定下的各种任务。

其中有一次是让他写一套书店的文案，林续一直很喜欢台湾诚品书店的文案，也很喜欢逛书店，他为了这次任务翻了很多自己的笔记和博客，多年的喜欢和洞察让他写出了一套自觉不错的书店文案。

后来赵余就离职去了分智，看到他收拾自己的工位的那天，林续非常舍不得，因为这是他第一份工作的第一个师父，林续非常郑重地感谢了他。

再后来，林续就发现自己之前写的文案被用到城市书房的广告上。那时候城市书房刚开业，做了很多宣传活动，林续的文字上了电视广告，被印在报纸上、宣传册上、海报上，网罗了这个城市的一批热爱阅读的文艺青年。

林续愤怒地去找赵余算账，如果这笔账能用算盘算出来，林续会像电影《通缉令》里的男主角那样直接把算盘摔到赵余的脸上。然而林续不仅什么都没能做，还被赵余笑话："你有证据说是你写的吗？小伙子，就当这是我给你上的最后一课吧。"

往事涌上心头，又迅速落下，只留下陈见鹿漠然地愣在那里。

"师父……"陈见鹿想要安慰林续，拼命在脑海中搜索该说些什么。

"你刚才还说我遇到他像老鼠看到猫,明明他才是会偷东西的大老鼠!"陈见鹿想到了。

"放心,我以后不会偷你东西的。"事情已经过去太久,林续已经无所谓的样子。

"你当然不会偷我东西!"陈见鹿没想过需要林续做出这种承诺,她对林续充分信任。

"毕竟,你也不会有东西给我偷。"林续笑了。

"这种时候还是想着怎么损我。"陈见鹿怒视林续,但是没有继续辩驳。

突然知道眼前的人就是引导她走上广告之路的人,你无法确定她是在目露凶光,还是在露出崇拜的星星眼。

"那个……有个事我不知道该不该说……"陈见鹿突然怯怯地问林续。

"嗯?说来听听。"

"我去分智面试的时候,看到了赵余,就觉得我那么喜欢的文字竟然是肥头大耳的他写的,心中失望地'咯噔'了一下。"

"噢,那现在知道是我写的了,又是什么感觉呢?"

"所有的不协调都变得合情合理,就像是发现一个很漂亮的小孩的爸爸其实是吴彦祖那么合情合理。"

"这个比喻真的太烂了……好的比喻对广告效果是有帮助的,回头我给你推荐一些这方面的优秀作品吧。"林续抹了抹额头上的冷汗。

"好的!我一定好好看看。"此时的陈见鹿已经是百分之百的星星眼了。

"这怎么都六点多了?"林续突然看了眼手表,大叫一声。

第四话 ▶ 往事如烟

"怎么了？有约吗？"

"约了个朋友，那我先走了啊。你要不要坐顺风车？哦，我们应该不顺路，那就明天见了。"林续"唰"的一下就钻上一辆的士，没等陈见鹿回一句话就消失在了街头转角。

陈见鹿看着林续快速离开的背影，拿出手机给好朋友思晴发信息：还记得我和你说过我有点喜欢我师父吗？现在变成……真的喜欢了。

思晴发来一个太极八卦的表情：我去找你还是你来找我？我要知道发生了什么，现在，马上！

丁耳朵的童话之三：稻草人和它的好朋友

一个稻草人在田野上无聊地吹口哨。

由于一直孤独地站在田野上，稻草人知道风是什么，知道雨是什么，但是它不知道朋友是什么，它想拥有一个朋友。

这天，稻草人突然看到一只麻雀朝自己飞过来，这是没有发生过的事情，作为一个稻草人，它看到的小鸟都是背向着自己飞快地逃走。

"为什么它们都害怕我而你不怕？""你好我叫稻草人。""会飞是什么感觉呀？""你觉得我们能做朋友吗？"稻草人挣扎了很久怎么和麻雀打招呼。

话还没说出口，麻雀已经激动地朝空中的雀群飞去："我赢了！我勇敢地在他肩上站了五分钟！"

稻草人很失落，原来麻雀只是在用自己锻炼勇气。

突然，稻草人看到一个巨大的龙形风筝撞向雀群，把它们吓得四散而逃。

一只松鼠过来把风筝的线头放在稻草人手上："你好，你要一起放风筝吗？"

"好呀！"稻草人开心地说。

第五话 ▸▸ 丁耳朵的生日

　　大学毕业了以后，林续几乎没再认识什么交情深的朋友，他觉得交朋友是一件很麻烦的事情，要投入一定的时间和精力才能知道两个人的三观合不合，值不值得信任，想着就没有兴趣。
　　林续有时候会想，要是世界上有个巨大的微波炉该多好，两个人走进去转一转就"叮"的一声熟了，然后再决定做不做朋友。
　　简单省事，林续喜欢省事。
　　林续现在最好的朋友依然是小学同学马前，他们从小一起玩到现在，一眨眼已经过去二十多年。"一眨眼"有些夸张，但是如果说到已经和马前认识这么久了，林续还是会觉得很惊讶。
　　小时候他们一起憧憬过长大以后的生活，林续说自己会到世界各地旅游，去北京看长城，去南极看企鹅，去冰岛看极光，去亚马孙森林和原始人跳草裙舞……结果别说环游世界，即便是国内的地方林续也没去过几个。
　　马前的憧憬则是他以后会买很多很多玩具，靠打游戏挣钱。林续当时就反驳他，打游戏怎么可能挣钱，做白日梦呢？马前玩着手上的俄罗斯方块"嘿

第五话 ▶ 丁耳朵的生日

嘿"傻笑："憧憬嘛。"

结果马前大学一毕业就开了家面向年轻人的玩具店，桌游卡牌、玩具、游戏机和游戏碟，什么都卖，每天的工作就是打着各种新出的游戏等顾客上门，日子凑合着过。

后来赶上直播和短视频开始流行，马前觉得反正都是打游戏，就开始在网上解说游戏。没想到虽然他的游戏天赋一般，但是靠着丰富的游戏经验和油腔滑调，解说视频很受欢迎，收入已经远大于开这家玩具店的收入。

第一次发现玩游戏也可以挣不少钱的那天，马前仿佛看到俄罗斯方块里的一条横条从天而降，把他之前积累的各种问题和困难一扫而光。

但是因为热爱，时间也不太冲突，他就一直开着这家店。

林续非常后悔小时候对马前发出质疑，马前算是在白日梦的道路上曲曲折折地走了很久，终于走到他的脸边，狠狠打了他的脸。林续其实挺佩服马前这点的，他知道马前也遇到过不少挫折，那些挫折放自己身上分分钟都可以压垮他，但是马前硬是扛下来了。就和他们玩游戏的风格一样，林续总是一不如意就想按下"重新开始"的按键，而马前一直是不到最后一秒不放弃。

生活里没有"重新开始"的按键，所以林续不开心的事情总是比马前多。

马前结束了一局游戏，表示没有听明白林续的话："你要找什么？玩具小熊？你终于又遇到喜欢的女孩子了？"

林续摆手："不不不，我是送给邻居家的小妹妹。"

"小妹妹是不是有个姐姐？"马前的轻描淡写中饱含对林续的了解。

"……好吧,我又遇到喜欢的女孩子了。"林续缴械投降。

"可以啊林续!什么时候带她过来一起打游戏?我说你怎么好些天不过来找我玩了,恋爱 ING 呢!"

马前把"ING"三个字母咬得很用力,充满对林续见色忘友的抨击。

"人家没说喜欢我呢,我不过来是因为最近加班太多了。"林续自己在柜台里找玩具。

"我每天的心理活动都是这样的。"林续抓起两只尖叫鸡,然后松手,惨烈的叫声回荡在店里。

"你别送什么玩具小熊了,我今天来了一批《僵尸新娘》的玩偶,你送那个吧。"马前逗林续。

"你正常一点,人家只是一个十岁的小女孩,要每天跟布娃娃聊天讲故事的。"

"我也每天都跟玩偶聊天啊,难道我的心里住着一个十岁的小女孩?"

"你是说你的那些性感手办吗?那只能说明你的心里住着一个死宅。"

"那你自己找找吧,有好几个小熊的玩偶。你订的拼图也到了。"马前停止和林续贫嘴,又开始一局游戏。

"真的吗?在哪儿呢?那我一起拿走。"林续听到拼图立即露出欣喜的神情。

"你什么时候来陪我打游戏就让你拿走。"马前的话透着一股孤独。

"那好吧,反正我等一下还要提蛋糕呢,走了啊!你也该重新谈个恋爱了!"林续的确好久没找马前一起玩了,就接受了他的邀约。

第五话 ▶ 丁耳朵的生日

"我谈了啊,她们不是我女朋友吗?"马前指了指玻璃柜里一排动漫少女的手办。

"打你的游戏吧。"林续对马前已经见怪不怪。

今天是丁耳朵的生日,林续和丁尔夕约好了一起给她庆祝。

林续拿着装好的礼物,提着订好的生日蛋糕走在回家路上。这条路的路灯不够明亮,每个人都低着头,顶着一张被手机屏幕照亮的脸在走路,不知从什么时候开始已经随处可见这样的景象。林续心想,老马识途也没什么了不起的,现在的人一直盯着手机,也能去到想去的地方,更厉害。

快到小区门口的时候,林续远远就看到一个人鬼鬼祟祟地在路灯下四处张望,马上加快脚步想快点离开这个奇怪的人。

"林续。"那个人叫他,声音有些熟悉。

林续停下脚步仔细望向那个人,熟悉的大胡子和帆布包,竟然是丁耳朵的爸爸。

"叔叔,怎么是你啊?"林续马上拘谨起来。

"你知道我是谁了?"

"我把那天和你的偶遇告诉了丁尔夕,她就告诉我是你了。"从那天的陌生到得知眼前的这个人失去了妻子,遭到女儿的痛恨,林续的口气中除了面对长辈的拘谨,其实还包含了同情。

"那个蛋糕,是给丁耳朵买的?"

"对啊,今天是她生日。"自己竟然在告诉一个爸爸今天是他女儿的生日,林续说完这话就有点想掐死自己。

"你帮我把这个给她,就说是你给的。"丁爸爸没有在意林续的紧张,而是递给他一个袋子。

"那你不上去吗?"林续也是明知故问,要是丁爸爸想上去,又何必在这里鬼鬼祟祟等这么久。

"不上了不上了,你们让她玩得开心就行。"

丁爸爸摆摆手,便准备离开。

林续突然想到了什么:"等一下,叔叔。"

万年青事件以后林续就没再见过丁耳朵,再三和丁尔夕确认丁耳朵是不是真的欢迎自己的出现。

"当然欢迎,她深刻反省了上次对你做的事,正想借这个机会请你吃蛋糕赔罪呢。"丁尔夕说。

林续觉得丁尔夕肯定美化了丁耳朵的原话,丁耳朵在听到丁尔夕要邀请自己的时候,很可能只是淡淡地回复一个"哦"。林续甚至能想象到丁耳朵这么说的时候一脸不在乎的样子。

看到王姨也在丁尔夕的家里,林续没有感到奇怪,王姨一直是一个热心肠的房东,会来关心丁尔夕入住后的情况,于是丁尔夕热情地让她留下来一起等待丁耳朵的生日蛋糕。

"王姨,空调坏了,快找人修修。"林续提醒王姨。

"哟,怎么感觉你更像是住在这里的。"王姨对林续坏笑。

第五话 ▶ 丁耳朵的生日

"你知不知道空调坏了就只能吹电风扇,被电风扇绊倒了很危险……"林续说这话的时候看向丁耳朵,希望能从她的脸上看到一丝歉疚,果然毫不意外地,丁耳朵正专心地和她的好朋友庄庄一起翻阅一本漫画书,压根儿没听到他说话。

"好好好,我明天就叫人来修……"王姨没有听出林续话中有话,认真担负起房东的责任。

"对了王姨,之前我租房的时候,你说每个人都要帮你做件事才能租你的房子,我忙活了一个周末才让你满意,丁尔夕她们也这么做了吗?"

"还有这种事情?"丁尔夕投来不解的表情。

"哦,你说那个啊,那是那天我无聊逗你玩呢,只有你需要帮我做事,人家找我租房子我还折腾人家,你以为我不想挣钱了吗?"王姨笑得很开心。

"王姨,我谢谢你!"林续咬牙切齿。

"我跟你们说啊,最近社会风气不太行,你们得小心点。你们刚搬来那天,我发现小区里有个大胡子鬼鬼祟祟的,问他要干什么也不说,扭头就走。也不知道是不是来踩点做坏事的。"王姨语重心长地交代,"我刚想打电话找小区保安就发现他不见了。"

鬼鬼祟祟的大胡子,那不就是丁尔夕的爸爸吗?丁尔夕和林续面面相觑,这下也好,托王姨的福,丁爸爸对女儿小区的安保应该很放心。

"这个防狼喷雾你拿着,下次遇到危险就喷。"王姨递给丁尔夕一瓶东西。

"不用了王姨,你留着保护自己吧。"丁尔夕可不敢对自己爸爸使用防狼喷雾。

林续先递上了丁爸爸送的礼物,他也不知道里面是什么。

　　"不会是什么一打开就弹出来的毛毛虫吧?那很无聊欸。"丁耳朵虽然面上对林续保持冷漠,但是双手诚实地表现了一个十岁小女孩对拆礼物的期待。

　　"我真的差点就选那个了。"林续笑了笑。

　　"哇!你怎么知道我喜欢蒂姆·波顿!"丁耳朵从盒子里拿出的是电影《僵尸新娘》的一对手办,两个骷髅玩偶让不熟悉这部电影的林续感到瘆人。

　　林续有点蒙,丁爸爸不会是在马前的店里买的吧?什么人会送给十岁的小女孩一对僵尸?然后丁耳朵还挺高兴?

　　"当然是你姐姐告诉我的啦。"林续笑着搪塞过去,借花献佛,让丁耳朵开心了一回,林续在心里对丁爸爸表示感谢。

　　"那个袋子也是送我的礼物吗?"丁耳朵眼珠子一转,指了指林续装着玩具小熊的袋子。

　　林续赶紧过去把袋子放到一边:"不是不是,里面装的是我要加班的材料。只有这个是礼物,喜欢吗?"

　　"可是那个袋子很像装礼物的呀。"丁耳朵好奇。

　　"你工作了以后就会知道,加班就是公司送给我们的礼物。"林续很惊讶自己可以面不改色地说出这么恶心的话,他瞥了一眼袋子里粉色的小熊布偶,告诉自己绝对绝对不能送出去,一个喜欢僵尸的小女孩会鄙视他的。

　　旁边一直看着的丁尔夕被他的话逗笑,她大概猜到发生了什么,偷偷把林续拉到一边:"我爸来了?"

第五话 ▶ 丁耳朵的生日

林续点了点头:"他已经走了。我自作主张做了一件事,希望你不要生气。"

丁尔夕望着林续,示意他继续说。

林续指了指蛋糕:"我觉得他专门跑过来挺辛苦的,就给他切了一小块。他很开心。"

在丁耳朵的生日这天把第一块蛋糕给了她讨厌的爸爸,丁耳朵要是知道了肯定很生气,林续忐忑地等着丁尔夕的反应。

"什么?"丁尔夕突然大叫起来,伸手掐着林续的脸,"这是什么?你的脸上为什么有奶油!"

"我……"

"你是不是偷吃耳朵的蛋糕了?"

"我……我偷偷尝了一下,上次被她吓得那么惨,到我报复了。"

林续没想到丁尔夕突然来这么一出,费尽脑汁地圆回去,算你狠。

"那就好,有人帮我们验过毒了。"说这话的是丁耳朵的好朋友庄庄。

刚开始林续还奇怪小恶魔竟然会有朋友,听到这话就明白了——思维都这么奇特,你们当然应该成为朋友。

"你说芥末和抹茶那么像,用来做蛋糕是不是能骗到很多人?"丁尔夕开始切蛋糕。

"其实我订的就是芥末蛋糕,你们准备好辣出眼泪。"林续笑着说。

鉴于他和丁耳朵之间的纠葛,这话不一定就是假的,于是一块蛋糕立即被丁耳朵递到了他的面前,大家用期待一个人毒发身亡的眼神看着他。

林续买的当然是抹茶蛋糕，但是丁尔夕的爸爸看着小区里的灯光吃下这块蛋糕的时候，眼泪跟吃到芥末一样不由自主地流了下来，可惜丁耳朵没看到，不然真的可以骗到她。

　　"时间不早啦，老人家要回去休息了，你们玩得开心，小姑娘生日快乐！"王姨吃了一块蛋糕起身要回家。

　　"王姨再待一会儿吧，都没开始正题呢。"林续问丁尔夕，"对了，你们说今晚的生日主题是什么来着？"

　　从来没有给小孩子过过生日，林续想着也许今晚可以重温一下童年。

　　丁尔夕却是露出诡异的笑容："你，怕鬼吗？"

　　怕，特别怕，林续在心里回答，嘴上却是故作镇定地说："怎么了，你们要干什么？"

　　林续想不明白十岁的丁耳朵为什么会有一个看恐怖片的生日愿望。

　　大概像她这么大的时候，林续因为好奇看了一部僵尸片，从此再也没有看过恐怖片。有整整一年，他都是开着灯睡觉，晚上也从来不敢上厕所。

　　王姨本来就已经起身了，一听说丁耳朵的生日计划是看恐怖片，感叹一句"小姑娘与众不同，以后必成大器"，立即更迅速地离开。

　　林续也想找个借口逃跑。

　　丁耳朵闪着水灵灵的眼睛问他："你都送我《僵尸新娘》的玩偶了，肯定也和我一样喜欢恐怖片吧？"

　　林续还想再挣扎一下，他看到庄庄就像看到一根救命稻草："可是你们不能因为一己私欲连累庄庄呀。庄庄，我送你回家吧，让她们两姐妹自己庆祝。"

第五话 ▶ 丁耳朵的生日

庄庄冷漠地看了林续一眼:"我妈妈等下会来接我的,就不用麻烦你了。而且,我最喜欢看的就是恐怖片了。"

当然了,你是丁耳朵最好的朋友嘛,目前看来应该还是唯一的朋友。

丁尔夕看到林续的反应有点不好意思:"你若真不想看就不看了吧。"

林续不容许自己在丁尔夕面前那么丢脸。"这可是耳朵的生日主题,当然要看。"他觉得自己被丁爸爸的玩具坑了。

林续很不情愿地留了下来,他想起了周星驰的《百变星君》,电影里周星驰看着博士解剖尸体的时候会戴上假眼睛来蒙混过关,林续此刻很想拥有那对假眼睛。

尖叫声不停地在房子里响起。

林续是从指缝里把电影看完的,他想起有句俗语叫"门缝里看人——把人看扁了",他觉得自己现在的状况和这句俗语有点像:他是指缝里看恐怖片——被人看扁了。

今天是丁耳朵的生日,十年前是丁耳朵妈妈的受难日,十年后是林续的。

林续回到家,把家里的灯全都打开,今晚的确重温了童年,但是是他最害怕的那部分。

林续抱着他本来要送给丁耳朵的粉色小熊布偶,一夜都没睡好。

第六话 ▶▶ 一场误会

加班是广告人的家常便饭,虽然没有任何一个人喜欢加班,但大家也已经逆来顺受,习以为常。

但是今天不一样。

今早林续去楼下的自动贩卖机买咖啡,等着咖啡出来的时候突然发现贩卖机里多出一只手,吓得他一个哆嗦,再仔细一看才发现是员工在机器后面补充产品。

因此当得知今晚要一个人加班到深夜时,林续极力地抗拒,把李菲都吓了一跳。

林续所在的广告公司开在城市边缘的一个创业园,当初公司是图租金便宜,没想到由于周边配套跟不上,加入的公司一直不多,园区里一直显得比较萧条空旷。然而这不是最主要的原因,让林续反应那么大的原因是一直有传言说这个创业园以前是块坟地。

"这种准备开盘的楼盘项目你也知道,今晚必须有个管事的人在公司候着,随时帮他们改东西。之前你又不是没干过,反应那么大?"李菲问林续。

第六话 ▶ 一场误会

"而且这个开发商出了名地严苛,说什么给了钱就得他们不下班我们也不能下班,动不动就要求视频讨论,只能委屈你了。"李菲同情而不由拒绝地对林续说。

"为什么偏偏是今天?!"林续在内心激动地咆哮。

李菲不知道,林续的脑海中此刻正在上演一部恐怖片。

片中的林续正努力赶稿,所有的电脑突然自动开机,电脑画面是一个个恐怖狂笑的头像,然后一只只手从屏幕里伸出来,抓向他,林续被吓得直接从脑补中清醒过来。

"我不能一个人加班!"林续哆嗦着自言自语,然后就看到了陈见鹿。

"小鹿,这个方案我觉得还有很多可以改进的地方。"林续把陈见鹿叫到面前,"这样,我今晚可能要加班到深夜,你在这里改方案,有不懂的随时问我。"

"好的,师父!"陈见鹿爽快答应,带着满足的笑容回到自己的座位。

林续差点忘了自己带着个新人,这下好了,不用一个人加班到深夜了。

陈见鹿坐下来,非常开心:"这个方案明明不急,明明回家工作也能和他沟通,他这是故意让我陪他加班!他在创造和我独处的机会!"

下班时间到,同事们一个接一个地离开,林续泡了碗泡面作为今天的晚餐。

林续在小时候一直觉得泡面是最好吃的零食之一,那时候爸妈偶尔晚上不在家,就会准许他吃一碗泡面当作晚餐,所以有一段时间他甚至会期待晚上爸妈不回家。他那时一直不明白,为什么电视里的人会对晚餐吃泡面充满同情，这个未解之谜一直到他可以吃泡面吃到吐，吃到满脸是痘的时候，才得出答案。

吃完泡面以后，林续感觉气氛越来越不对。

陈见鹿哪里去了？她不会忘了和自己的约定吧？

终于，最后一个同事也离开了公司，只剩下林续一个人。

他把手放在键盘上，想保持镇定继续工作，却一个字也没打出来，昨晚恐怖片里的画面不停在他脑中闪现，窗帘被空调风吹得晃动一下都让他感到不安。

他终于忍不住拨打了陈见鹿的电话："陈见鹿你跑哪里去了，你忘了今晚要修改方案吗？"

电话那头说："我就到，师父。"

林续刚挂掉电话，一袭红裙就远远地映入眼帘，不仅仅是红裙，陈见鹿还化了妆、喷了最新买的香水，由于林续没有一个狗鼻子，香水味要等她离得很近的时候才能闻到。

林续有点认不出陈见鹿，过去的几个月里，她一直是个刚毕业的黄毛丫头，穿着普通的牛仔裤配 T 恤，浑身散发着初入职场的活力和幼稚。

看到陈见鹿的这一身打扮，林续也不是个傻子，突然就明白发生了什么，有点抱歉地对陈见鹿说："你这是约着会就跑回来加班吗？还是我们加班结束你就要跑去约会？你男朋友不会恨我吧？"

"师父，我没有男朋友！"陈见鹿嗔怒。

这条红裙是陈见鹿领到第一个月工资的时候买的，刚发工资就看到喜欢

第六话 ▶ 一场误会

的裙子，让她感受到冥冥之中的天意，觉得它一定能在未来发挥重要作用，所以一直把它放在衣柜里没有穿，直到今天一下班就跑回家换上。

因为陈见鹿今晚的确有一场约会，对她来说，约会现在刚刚开始……

这个晚上，陈见鹿根本无心工作。她不想显得自己太主动，在微信上问她的好朋友思晴："怎么知道他是不是喜欢我？他好像会时不时地抬头看我。"

思晴回答她："如果他有喜欢的人，那他肯定会有蛛丝马迹让你发现的。"

陈见鹿："比如呢？"

思晴："比如他会找各种奇怪的话题和那个人套近乎，比如他的手机壁纸会设置成那个人的照片之类的。"

其实思晴也没有那么明白，只是随便举个例子，陈见鹿却在心里窃喜，因为林续刚刚在给她说方案的时候突然问了她一个问题："陈见鹿，你十岁的时候敢看恐怖片吗？那个时候喜欢的玩具是什么？"

这个问题不就是奇怪的问题吗？陈见鹿坦白回答他："别说十岁，我现在也不敢看啊，但是你要是想看，我也许可以陪你看，现在吗？"

林续赶忙摆手："不不不，我只是想调查一下自己对女孩子的认识是不是有偏差了。"

验证了思晴说的第一点，陈见鹿想趁机偷看林续的手机屏幕验证第二点。

结果发现完全不用偷看，林续把手机正大光明地摆在面前，生怕别人看不到。而手机壁纸也不是一个姑娘，而是面目狰狞的——钟馗？

陈见鹿对林续的手机壁纸有些失望，也没等到他继续找话题，于是继续和思晴商量办法。

思晴对她说:"我知道怎么办了,我可以助你一臂之力。"

"什么样的一臂之力?"

"就是字面意思,货真价实的一臂之力。"

一个小时后,陈见鹿正按照计划和林续讨论问题,公司的开关附近突然出现了一只鬼鬼祟祟的手,这只手悄无声息地爬到电灯开关上,轻轻地"啪"了一下,林续和陈见鹿瞬间陷入黑暗。

这就是思晴给出的计划,孤男寡女,黑灯瞎火,喜不喜欢都要发生一点故事了。

"啊!"陈见鹿尖叫了一下,希望林续会马上抱住她,让她不要慌。

林续却是瞬间拿起他的手机,马上站到陈见鹿面前,哆嗦着把手机上的钟馗面对着空气转圈:"不……不管你们是什么东西,都快给我滚!"

哦,原来那个手机壁纸是这个用处,陈见鹿恍然大悟,马上配合地大叫:"对啊,不管你们是什么东西,快把我们的灯弄亮!钟馗懂吗!专门捉鬼的懂吗!"

和林续对空气说话不一样,陈见鹿是对着开关附近的一只手说话。

林续马上双手合十念起了佛经,陈见鹿不知道他为什么会这一套,心中充满惊讶。

灯终于亮起来了。

陈见鹿安慰惊魂未定的林续:"别慌别慌,应该是电路问题。"

"我以后再也不要看恐怖电影了。"林续拍着自己慌乱的心脏,"今晚

第六话 ▶ 一场误会

的工作也结束了，我们快点离开这里吧。"

送陈见鹿回家的路上，陈见鹿好奇地问林续："师父，你为什么会念佛经啊？"

林续拿出手机给她看："我最近因为被吓到，就在网上加了个不可思议事件小组，手机壁纸换成钟馗，口念《心经》什么的，都是上面教的，你要不要也了解一下？"

陈见鹿滑着林续的手机，看到小组里都是各种驱魔迷信小贴士，心里不禁嘲笑林续真是幼稚，连这种东西都信。陈见鹿的手指突然停了下来，一个名为《如何让喜欢的人也喜欢自己》的帖子吸引了她的注意，陈见鹿琢磨了一下，觉得这个标题属于"不可思议事件"倒也名副其实。她立即面不改色地对林续说："师父，你把网址发我一下吧，我也想看看。"

"你也很怕的，对吧？怕鬼多正常，没事的。"林续的口气更像是在给自己找安慰。

"技多不压身呀。"陈见鹿装傻。

如果林续的驱鬼方法真的有用，现在就该马上用在陈见鹿的身上，因为现在的她，心里有鬼。

记忆是带着滤镜的，今晚林续拿着手机挡在陈见鹿面前的样子，在陈见鹿的回忆里，已经被美化成了林续穿着盔甲拿着剑，在一群鬼怪面前保护她。

"在……我……后……面……不……要……怕。"林续的动作和声音被放慢了十倍，足够陈见鹿抬着头尽情地感受这份保护。

陈见鹿躺在床上，点开林续发来的网址，找到《如何让喜欢的人也喜欢自己》的标题，充满期待地点了进去，里面写的是：让自己变得更好，比得上一切做法。

陈见鹿气得把手机甩到另一边的被子上，这什么破小组，还带喂鸡汤的？？

林续回到家，累得躺在床上，情不自禁就跟小熊布偶说他今天的办公室惊魂。当反应过来自己竟然像个小女孩一样会和布娃娃说心事的时候，林续被自己吓了一跳。一个大男人怎么会做这种事情？林续的心底不愿承认少女心被激活，于是认真地对自己说：真的永远都不能碰恐怖片，这下好了，中邪了吧，都开始跟布娃娃聊天了。

然而在睡觉的时候，他依然把布娃娃放在枕边，他可没说中邪都是不好的。

丁耳朵的童话之四：心声

兔子姐姐有个神奇的耳朵，只要她把耳朵竖起来，就能听到别人的心声。

兔子妹妹因此有很长一段时间都不喜欢跟姐姐玩，因为她怕姐姐听到她的秘密，那些她写在日记本里然后上锁的秘密。

这一天，兔子妹妹和朋友小刺猬吵架了，闷闷不乐的。

兔子姐姐问她："你怎么不开心呀？"

兔子妹妹没好气地回答姐姐："你不是会读心术吗，你竖起耳朵听一下不就知道了。"

兔子姐姐耷拉着耳朵说："我怎么会靠这种方式了解我的妹妹呢？我希

望她自己和我分享，用她自己的方式，哪怕说的不全是真的，但是只要是她想告诉我的，我就会倾听，去帮她出主意。"

兔子妹妹"哇"的一下哭了："为什么你们都有跟别人不一样的地方？你的耳朵有超能力，小刺猬的吉他弹得很棒，我却那么普通。"

兔子姐姐对她说："你怎么会普通呢，其实你也有神奇的地方。你能通过拥抱感受别人的心情。"

兔子妹妹不相信："我有这种能力吗？我怎么一直不知道？"

兔子姐姐说："那是因为妈妈离开了以后，你已经很久没有和人拥抱了，就忘掉了自己的这个能力。不信的话，让我抱抱你好吗？"

看着姐姐迎过来的双手，兔子妹妹没有拒绝，她将信将疑地和姐姐抱在一起，她感受自己被一股温柔的力量包裹，甜蜜的，关心的，她想起了在妈妈怀里的时候也有过这种感觉，那是一份对自己的沉甸甸的爱。

第七话 ▶▶ 多角拼图

虽然睡得不好，但林续还是一大早就起床整理屋子，因为今天是每个月的第一个周六，是王姨例行检查的日子。

上次林续的妈妈来看他的时候，和王姨相谈甚欢，便请她定期看一下林续有没有好好生活。

如果林续知道她俩的会面会让自己过上宿舍一样的生活，定期接受检查，那他一定会想尽办法，比阻止火星撞地球还要努力地不让她们碰面。

"还有那么多事情可以做，能不能不要把时间放在这种无聊的事情上。"林续其实也是反抗过的。

"不管这个也行，你答应我每次给你安排相亲都要接受。"然后就被妈妈一击必杀。

累个半死，终于让屋子看起来不那么糟糕，虽然林续知道这个模样只能维持三天。

"林续妈，你好好看看啊。"林续刚想在沙发上躺一下，王姨就如约而至，准时得像是有人交代她"听到抹布落地的声音,你就往里面冲"!

王姨一进门就打开和林续妈妈的视频聊天,林续露出一个假笑,朝视频里的妈妈挥了挥手。

在林续小的时候,妈妈摸摸电视的后背是不是发烫,就知道他有没有偷偷看电视,现在凭借多年的家务活经验,依然一眼就知道林续只是为了应付才收拾的屋子,但是她不会拆穿林续,毕竟应付了事总比什么都不做的强,哪对父母和孩子之间没有一些心照不宣的事情呢?

"你们聊吧,我下楼拿个快递。"林续对王姨还有视频里的妈妈说,然而这两个人正热火朝天地畅聊最近的一部婆媳剧,完全不在意林续的离开。林续无奈地摇了摇头便出了门,走到楼下的时候看到丁尔夕刚从哪里回来。

林续已经在这个小区住了好几年,除了王姨,最熟的就是二楼家的一条萨摩耶。那条萨摩耶也不知道因为什么特别把林续当朋友,经常会在二楼朝他叫唤,林续也偶尔会朝它挥挥手回应它,顺便在心里吐槽如果不是招动物喜欢的体质而是招女孩子喜欢的体质就好了。

所以能在小区里遇到老人和狗以外的熟人,林续非常惊喜。

"你脸色不太好啊,没睡好吗?"丁尔夕问他。

"最近加班太多了。"林续可不能告诉她自己最近遭了多少罪。

"耳朵的生日谢谢你了啊。"

"不用那么客气,我也没干吗。"

"要不,今晚来我们家吃饭吧,我煲个汤,对熬夜有好处的。"丁尔夕突然想到。

第七话 ▶ 多角拼图

"这样会不会太打扰了？"林续表面不好意思，内心其实求之不得。

"你负责付钱就好呀。"丁尔夕也不跟他客气，"要不我们现在一起去买吧。"

"好的，那我就恭敬不如从命了。"林续摸了摸自己的肚子，想说最近精神太受罪，的确该补补。

"欸，你去哪里呢？"丁尔夕叫住往前走的林续。

"不是买菜吗，前面的小超市就有呀。"

"小超市的不新鲜，我们去菜市场吧。"

简简单单的一句话，让林续感受到自己的生活真的过得太粗糙。

虽然已经在这边住了几年，但是林续对附近菜市场的认识仅仅局限于位置在哪里，而搬过来没多久的丁尔夕，已经可以和蔬菜档的老板热情地打招呼了，这让林续感到震惊。

"你有什么特别想吃的吗？"丁尔夕问林续。

"我什么都想吃。"林续没有开玩笑。

有一部关于厨艺的漫画，男主角基于对美食的天赋，看到各种食材立马能想象出可以把它们做成什么美味佳肴。

林续现在走在菜市场里，发现自己也和这个男主角一样，各种食材都化作美味在他的眼前晃荡，因为已经吃了两三个月汉堡和外卖的他，味蕾实在被压抑得太久了。

"小时候经常和妈妈一起到菜市场买菜，喜欢里面的喧闹和市井气。"丁尔夕边走边说，"在北京的时候都是去附近的超市里购物，总感觉有点冷冰冰的,少了点什么。"

"看来冷冰冰可以保鲜食材,喧闹声却可以保鲜回忆呢。"林续若有所思。

"能保鲜回忆的东西可太多了,喧闹声、一种食物的味道、一种习惯……"

"老板,这个骨头和肉算同一个价格称了吧,以后我只和你买肉。"丁尔夕满面笑容地对老板说。

"那你要认准我的摊位呀。"老板欣然成交。

"砍价就是我妈妈带我养成的习惯。"丁尔夕看到林续惊讶的样子,给他解释。

林续的确很惊讶,原来丁尔夕这样的女孩子不仅会去菜市场,还会在菜市场砍价,他觉得这事可以在那个"不可思议事件"小组发个帖。

和女孩子一起吃饭意味着关系不错,和女孩子看电影意味着暧昧的开始,但是和女孩子逛菜市场意味着什么呢?林续没有答案,他喜欢这种感觉,明确感觉到两人感情的升温。但是他忘了,在他的生活里一直是有个防高温系统的,无论是感情升温还是遇到好事让心情升温,一盆冷水就已经等着即将泼下来。

两个人说说笑笑回到小区,林续家里的门是关上的,说明王姨已经检查完毕离开了。

"晚上可以开饭了我就叫你。"

"真的不需要帮忙吗?"

"不需要帮倒忙的。"

"那我就老实等着了。"林续觉得丁尔夕对自己下厨能力的判断非常精准。

第七话 ▶ 多角拼图

林续开门回家，眼睛扫到茶几的时候突然呆住。茶几上原来摆着一幅拼图，他已经断断续续拼了一个月，接近完成了，此刻却被全部打乱，乱得非常彻底，连两块连在一起的都没有。

林续拨通王姨的电话："王姨，我那拼图怎么回事啊？"

"什么拼图？我不知道啊，我一直在和你妈妈聊天呢，不过刚才隔壁那个小姑娘过来晃了一圈，你可以问下她。"

怎么又是丁耳朵啊，调皮也应该有个度吧，林续无奈地坐在沙发上。

一个小脑袋从林续没关上的门那儿伸出来，定定看着林续惆怅的样子，这一回难得的是她主动说话："这个拼图拼了很久吗？"

"很久。"

"是我把它们拆掉的。"

"你还挺诚实。"丁耳朵欲言又止，林续看在眼里，"能问你个问题吗？"

"什么问题？"

"你是喜欢捉弄所有人还是专门喜欢捉弄我？"

"我……那你现在是不是很讨厌我？"

林续没说话，他现在对丁耳朵的态度是生气以上、讨厌未满，但是这么复杂的句子，他觉得丁耳朵理解不了。

"讨厌我，以后就不要来找我姐姐了哦，不然我会让你更讨厌的。"小脑袋在离开前告诉林续她这么做的目的。

前几天不是还一起过生日挺好的吗，怎么今天就被她这样排斥，林续想不明白。他在沙发上发了一会儿呆，拿出手机拨通李菲的电话，李菲有点诧异：

"怎么了，周末都是我给你打电话叫你加班，你给我打还是头一回吧？"

"有点不好意思，我有个关于十岁小姑娘的问题，不知道能不能问你。"

林续和李菲算是几年的同事关系了，都是工作和生活分得很清楚，不喜欢在办公室里搞小动作的人，所以一直关系还不错。即便这样，林续还是心怀忌惮。李菲两年前嫁给了一个二婚的男人，成了一个八岁小孩的后妈，公司里只有为数不多的几个人知道这件事。林续觉得可以找她请教这个问题，但是不知道这个问题有没有冒犯到她。

"这有什么不好意思的。"李菲的反应显得林续完全是多虑。

具体说了一下发生了什么，李菲马上告诉了林续答案："很明显啊，你和她的姐姐是不是走得越来越近了？她怕你抢走她的姐姐。"

林续想了想，最近走得的确有点近，可能刚才半路把她拉去菜市场也让丁耳朵看到了。

李菲接着说："刚开始的时候，他也觉得我想抢走他爸爸，对我各种排斥。"

"那现在呢？"

"现在啊……"

几秒钟的停顿后，林续听到电话那头传来一个小孩子的声音："李姐别打电话了，快来陪我打游戏。"

"听到了吗，当他知道我不是想抢走他的爸爸而是想和他成为一家人，我就从李巫婆变成李姐了。要是我真的是个巫婆，这个称呼的转变就是我最得意的巫术了。"

"听到了，你快去打游戏吧。"林续挺为李菲开心。

第七话 ▶ 多角拼图

林续从来没有认真想过这个问题，对啊，丁耳朵只有丁尔夕一个可以依靠的人，在失去妈妈以后，她不能再失去任何人了。

林续开始审视自己对丁尔夕的喜欢。

第一眼就喜欢上了，是因为自己是个看脸的肤浅动物吗？

不是，喜欢就是喜欢，不喜欢就是不喜欢，这从来不是什么复杂的问题。

相处了以后还是喜欢吗？

确切地说，是比原来更喜欢了。

是想谈恋爱的喜欢还是可以付出更多的喜欢呢？

这……在过去的两段感情里，都是还没到谈婚论嫁的地步就结束了，所以林续对恋爱的意识还停留在约会—吵架—约会这样的循环，从没想过一场恋爱还会附加其他的东西。

丁尔夕要替代妈妈照顾丁耳朵，而丁耳朵才十岁，林续知道有些同龄人的孩子也快这个岁数了，所以自己……脑中冒出这个想法，林续一个哆嗦……有可能要成为一个小爸爸了吗……

在一串自问自答以后，林续自己傻笑起来，和逃避责任无关，人家都不一定喜欢自己呢，怎么就想到了那么远。

林续在微信上告诉丁尔夕：不好意思，突然回公司加班，吃不到你做的饭了。

丁尔夕发来一个惊讶的表情：怎么可以这样，菜都买好了，而且都是你买的。你要是开着窗户，香味可能都已飘进你的鼻子里了。

林续输入：不好意思，下次一定过去。然后又把后半句删掉，换成：不好意思，突发情况，最近真的太忙了。

对文字敏感而严谨的他，不知道自己还有没有下次。

丁尔夕的语气充满惋惜：那你好好加班吧。

真无奈。林续拿过被丁耳朵拆散的拼图，一块一块继续拼起来。

他突然觉得和丁尔夕最近发生的点点滴滴也像这幅拼图一样被打散了。拼图散了可以重新拼起来，可是其他东西散了怎么办呢？

丁耳朵就像一块不规则的多角拼图，在一堆规矩的拼图里格格不入。林续看不出这块多角拼图的手在哪里，不知道如何像儿歌里唱的那样，和她"敬个礼，握握手，你是我的好朋友"。

第八话 ▶▶ 意面英雄

在林续想着找马前倾诉一下近况的时候，马前已经先把他约到了一个酒吧。

林续和马前介绍完了和丁耳朵最近的纠葛，问："你呢，最近在干吗？"林续好奇马前今天为什么不是约他打游戏而是约他来到了酒吧，这是马前第一次约他来酒吧。

"突然想喝两杯。"马前说。

林续不喜欢喝酒，但是想不到还有比喝酒更适合吐苦水的事情了，喝一口苦水再吐一堆苦水，像是一种置换。

"可是你一直在东张西望像在等待什么？"林续抿了一口酒，感觉他有点心不在焉，可能刚才也没仔细听他吐的苦水。不过倾诉从来就是一种说出口了以后就会舒服一点的事情，至于那些苦水是消失在了空气中还是进到了马前的耳朵里，好像并没有那么重要。

"前阵子我的店里来了一个让我心跳加速的女孩子，虽然我在网络上嬉皮笑脸的，但那是对陌生人，要是遇到真正心动的人，我大气都不敢出。"

"是不是下午出现的?"

"你怎么知道?"

"你经常店里网上两头忙,忘了吃午饭,又和我一样喜欢喝咖啡,所以你所谓的心跳加速很可能只是空腹喝咖啡导致的——心悸。"林续和往常一样调侃马前。

"去你的心悸,我还不了解自己的心脏?"马前接着说,"你知道我打游戏从来都喜欢自己探索,不喜欢搜别人的攻略,但是这一次,可能我真的想提高成功率,就鬼迷心窍地在网上搜了一下有没有什么搭讪的技巧。结果发现和搭讪技巧相关的内容很多都指向了一种叫 PUA 的东西。"

"那是什么?"

"好听点叫搭讪艺术,现在已经沦为某些人撩妹的套路。"

"你这么一说我就想起来了,这个东西恶名昭著啊,网络上有很多关于这东西的爆料帖,都不是好事。咱还犯不着学习这个东西吧。这已经不是搜索游戏攻略了,这是钻游戏的 BUG,给游戏加外挂,总之应该唾弃啊。"

"我当时并不知道这个东西的恶劣性质,直到在一个游戏里认识的网友带我混进一个本地的 PUA 群,发现他们管搭讪不叫搭讪,叫'狩猎',每天都在炫耀自己的'战果'。"

林续知道"狩猎"和"战果"的正常意思,联想到这个群的性质,不禁泛起一阵恶心。

"那你今晚来这里的目的是?"林续想到了"实践"两个字,但是只是想到而已,他知道马前不是这样的人。

第八话 ▶ 意面英雄

"在准备退出这个群的时候,我看到有个人今晚要在群里直播'狩猎',地点就是这里,你知道,我的内心一直有一个英雄情结,我觉得这是上天给我安排的机会。"

马前的话把林续带回遥远的小学时代,那时候马前的最爱除了红白游戏机就是《水浒传》,有个泡面品牌出了108张水浒卡,他是班里唯一搜集到了100张以上的人。

林续的爸妈偶尔晚上不在家,就会给他买泡面做晚餐,他指明一定要这个品牌的,在马前的集卡大计上帮了大忙,马前也"集卡之恩,涌泉相报",新买的漫画书一定先给他看。

林续总算听明白马前今晚要干什么,他喜欢《水浒传》里面的情义,知恩图报他已经做过了,现在他终于要"路见不平一声吼",做一回英雄,他要阻止今晚的那场"狩猎"。

"我想看看那个群。"趁着人还没来,林续想了解一下今晚突然被马前拉进的旋涡是什么。

"天哪!这个人说话怎么那么恶心。还有这个,对女孩子太不尊重了。"如果说中年人的油腻体现在对一些女性的物化上面,那么林续进到这个群里就像进入一个恶臭的下水沟,他的手指在群聊里滑动,越看越生气。

"那个人来了。"马前小声地说。

林续抬头,看到一个人模人样的西装男正和一个姑娘打招呼,林续心想如果辞典可以配照片,应该把他放到"衣冠禽兽"的举例里。

"我早就想好了,我们的计划是这样,等下我想办法支走那个人,你马上去和姑娘解释，就用这些聊天记录截图好了。你的动作要快，我们的目的是保护姑娘不被伤害，解释完了就撤退……"马前突然发现林续已经起身走过去，"欸，我还没说完呢……"

"哟，聊得开心吗？"林续已经站到两个人的中间。

"我们认识吗？"西装男有点莫名其妙，正在和他聊天的姑娘也有点莫名其妙。

"姑娘你知道PUA吗，就是用套路教人怎么撩女孩子的，你正在被人直播被套路呢。"

"他说的是真的吗？"姑娘很震惊，问西装男。

"我不知道他在说什么。我是真的喜欢你。"西装男面不改色地说，"难道我们之前的交流不足以表现我的诚意吗？"

越是冷静，越说明经验丰富。林续这么一想更加生气。

"那解释解释这些照片和聊天记录呗。"林续把马前的手机拍在吧台上，姑娘拿起手机滑了一下，明白林续说的都是真的，对那个人甩了一巴掌以后生气地离开了酒吧。

"你那么喜欢做英雄是吧？"那个人捂着嘴巴对林续说，同时他的朋友已经站在他的身后。

"误会，都是误会。"马前马上跑到林续身边，小声跟他说，"你冲动什么啊，我还没跟你说'僚机'的事情呢。他不是一个人。"

这两个人本来应该作为西装男的"僚机"，通过一些小动作衬托出西装男的好形象，以让他的PUA套路实施得更完美，但是完全被林续打乱了计划。

第八话 ▶ 意面英雄

"他的确不是一个人,这种事情是一个人会做的吗,他甚至都不是个东西。"林续嘀咕道。

西装男和两个朋友怒视着马前和林续,剑拔弩张。

"还记得初中那次吗?"马前对林续说,"三,二,一!"

话毕,他就从身后掏出了一盘不知道哪里来的意面,甩到三个人的脸上。

"跑啊!"

两个人一起朝门外跑去,刚开始还听到后面有人追赶,后来就听不到了,他们接着跑了很久,终于在河边的草坪停下来,大口大口喘气。

初中有一次放学的时候,林续也像这样把两本书甩到一个小混混的脸上,救下了马前,两个人都没想到这样的情景还有重新上演的一天。

"我直到今天都没有哭过,我明明很爱他,为什么哭不出来呢?我是不是太无情了?"一个姑娘问道。

"这不是无情,因为你还没能接受他的离开。"一个男子回答她,"那天我在人群中看到一个人很像她,就追上前去,却怎么也追不到,其实追到了又能怎么样呢,证明自己看错了只会更失落吧。"

"我已经连续很多个晚上都失眠了,我觉得很嘲讽,我不想失眠啊,我想睡着,然后做梦,做一个有她的梦。"另一个男子说。

"拼命工作、拼命运动真的有用的,大家试试吧,当你拼命忙碌的时候,就会像转动的风扇一样,忽略扇叶上的伤痕。"另一个姑娘说。

"分享自己的痛苦是其中一个办法,我还整理了一些可能会对大家有所帮助的心理重塑方面的东西发在群里了，那我们就下次再见了。"丁尔夕对大家说。

这是丁尔夕在网上组织的一个互助会，这个形式在国外比较流行，国内还比较少见，她以为会组织不起来，结果帖子没发多久报名就已经满了。报名的人都是失去至亲了以后难以恢复正常生活的人，他们太需要一个合适的活动交流自己的痛苦。

丁尔夕刚结束今天的互助交谈就看到林续在微信上问她："尔夕你知道PUA吗？"

"知道啊，一种无聊的撩女孩套路，怎么了？"丁尔夕回他。

"我们公司有个女孩子被人骗惨了，提醒你一下，最近好像盛行这个，提防一点。"

"不用提防呀，你知道拒绝推销健身卡的人最好的办法是什么吗？"

"我都是说已经办其他地方的卡了。"

"对的，我都是说已经有男朋友了，他们连施展那些无聊的套路的机会都没有。放心吧，我失恋没多久，还没有重新恋爱的动力。"

"那我就放心了。"林续放下手机，没有因为丁尔夕没有重新开始的动力就感到伤感。会慢慢好起来的吧，动力会有的，丁耳朵也会没那么讨厌他的，他心想。

"不是可以有计划的吗，怎么你那么冲动？"马前看林续放下手机，气愤地问他。

"我翻聊天记录的时候发现有人说最好找那些刚失恋的或者失去亲人的，

第八话 ▶ 意面英雄

内心空虚好下手,就想到丁尔夕了,然后我的脑子就被愤怒占领了,对不起你啊。"

"丁尔夕是谁?"

"你果然没有听我吐的一大堆苦水,丁尔夕就是我喜欢的那个最近和妹妹一起搬到我家隔壁的姑娘,她的妈妈半年前离开了。明明是遭受噩运的人,却成了一些人眼里的'猎物',我很生气。"

"好了好了,知道你真的很喜欢人家了。反正还欠你一次人情,就不和你计较了。"马前其实很开心自己能有机会在十几年后把这个人情还掉,他们还有很多你来我往的人情,马前喜欢人与人之间的这种良性的无限循环的关系。

"看,这个群解散了。他们很快就会组建新的群,而且对人群的人肯定更加谨慎。幸好我把里面经常'狩猎'的人的ID都记下来了,明天就到网上曝光他们。"

"今天这个英雄做得还满意吗?"林续问马前,"算不算是'意面侠'?"

马前躺在草坪上,露出了满意的笑容。"你说他们不会追上来了吧?"

"我觉得不会了,说到这个,我刚才想到个广告创意。就是你把意面泼过去以后,他们不经意地舔了一舔,发现美味无比,然后发现碟子里还有一些,三个人一起扑过去抢起来,根本忘了要追我们。是不是很赞?要不要把这个创意告诉酒吧的老板以表歉意?"

"哈哈哈哈!神经病。"马前笑起来,"那个叫丁尔夕的是上帝派来拯救你的吧。"

"什么意思？"

"你以前经常像这样聊着聊着就冒出很多乱七八糟的广告创意，虽然不都是好的，但是你在冒出想法的时候是很开心的。这一两年都没动静了，自从你说那个女孩子搬到你隔壁，我就感觉你像是换了个人似的，以前的活力又回来了。"

听马前这么一说，林续突然也发现，生活好像有了变好的预兆。

林续和马前想偷偷溜回酒吧赔钱，并祈祷酒吧不会因为这种小事报警找他们，按照马前的话说："喝醉的人每天都那么多，这点小事不至于。"

酒吧的经理看到他们回来，虽然面有怒气，却告诉他们不用赔什么钱，因为之前的那个姑娘把钱赔了。

真是一个知恩图报的姑娘呢，林续和马前带着感慨走出酒吧，打算打车回家，软件显示前方还有三十五个人在等候。

"这下我知道姑娘为什么明明离开了却能帮我们把钱付了，因为我们跑出去的时候她还没打到车吧。"

"你说，我们的爱情是不是在上帝那里也有一个排号系统，快要排到我们了？"

"那我可能得排到一万号。"

"那也是可以等到的不是吗？而且等爱的人那么多，感觉一万号也不算很多呢。"

两个人有一搭没一搭地闲聊着等车，今晚真是一个不错的夜晚。

丁耳朵的童话之五：比怪物还可怕的怪物

一个浑身是毛的怪物站在小女孩的面前，它问小女孩："你为什么不怕我？"

小女孩问它："你有什么值得我害怕的地方？"

怪物说："我能一口吃掉你，我的力量很大，可以很轻松地破坏一个房子、一座山峰。"

怪物张开嘴试图吓唬她："我是这个世界最可怕的存在，吼！"

小女孩不为所动："你这不算什么，你没有我知道的一些人可怕。"

怪物很惊讶，在怪物界它都算厉害的，怎么会有人类比它还可怕，而且听起来不止一个？

怪物说："你说说什么人能比我可怕，我去把他们一口吃掉。"

小女孩说："你看你，一口就把人吃掉了，他们根本没有什么痛苦。但是我知道的那些人，会伤害我最重要的人，让他们痛苦很久，所以我觉得他们比你可怕多了。"

第九话 ▶▶ 天台和夜空

    自从上次林续举着钟馗的手机壁纸保护陈见鹿，陈见鹿每天都对林续笑得很花痴，给他买咖啡的时候也会要求店员做出心形的拉花，店员告诉她："如果是打包的话，心形是会被晃动破坏掉的，请小心。"陈见鹿没有小心，她就是需要心形被晃动到失去形状的效果，她只要自己知道这个形状的原形是颗心就足够了，这是一个属于她自己的秘密。

    然而陈见鹿的咖啡没能让林续提起精神，也许什么都不能。

    "你是怎么从李巫婆变成李姐的来着，具体做了什么？"刚开完一个会，会议室里只剩下林续和李菲。

    "很简单啊，给他买了两个汉堡、三个甜筒就搞定了，小孩子嘛。"

    "原来正常的小孩子那么容易哄，真是羡慕。"

    "骗你的，哪有那么简单。要陪他玩他喜欢的东西，要让他知道你在乎他。那个讨厌你的小姑娘喜欢什么，你就陪她玩什么。她喜欢什么呀？"

    "她喜欢……"林续没有把"恐怖片"三个字说出来。

    今天的午休时间，林续没有和往常一样下楼透气，他叫了一个外卖，然后用电脑打开一部评分很高的恐怖片。

二十分钟以后，安静的办公室里响起一声尖叫，一堆脑袋齐刷刷地看向林续。

"没事没事！大家继续！"林续慌忙跟大家解释，然后坐下来，电影停留在一个恐怖的画面。林续的鼠标在"继续播放键"和"关闭键"之间来回挣扎，最终还是关掉了播放器。

罢了罢了，想通过恐怖片走进丁耳朵的世界太难了，因为对林续来说，走进恐怖片的世界实在不太容易。

"师父你刚才怎么回事啊？"陈见鹿在阅读室里问林续。

"我彩票中奖了，明天不用来上班了，但是现在要装作若无其事的样子以免被大家借钱，你要替我保密啊。"林续不知道自己怎么回事，像是刚才被李菲骗了，现在在陈见鹿身上骗回来。

"真的吗？"陈见鹿张大嘴巴，她是真的觉得这个解释合情合理。

"骗你的……"以往的林续肯定会趁机嘲笑一下陈见鹿的智商，但是今天没有这个心思，他突然岔开话题，"陈见鹿，你喜欢小孩吗？"

"还……还挺喜欢的啊……干吗突然问人家这种问题……"陈见鹿脸色通红，虽然发现自己喜欢上林续的时候就脑补到这一步了，但那只是脑补呀，一个女孩子的脑补，从来都是跨越山河湖海不着边际的。

"你有想过自己大概几岁会成为一个妈妈吗？"

"没想过！怎么可能想过！我感觉……自己都还是一个孩子呢……"

"是吧，有的时候我也觉得自己还是一个孩子呢。"林续叹着气离开。

第九话 ▶ 天台和夜空

陈见鹿问思晴:"这个人怎么回事啊,都没和我说喜欢我就问我喜不喜欢孩子了。"

思晴回她:"大龄男青年都是只谈以结婚为目的的恋爱,他肯定是被家里催了,想找一个能让他快点当爸爸的女朋友。"

陈见鹿发给思晴一个哭脸表情:"原来是这样,我就说他这几天都闷闷不乐的,但是,我才毕业不到一年啊。"

人是不能闲下来的,闲下来就会胡思乱想,在工作量不大的这天,同一个办公室里的林续和陈见鹿,都在想一个之前离他们很遥远的问题:自己愿意为了喜欢的人,在现在这个年纪、这个状态,突然成为一个爸爸、妈妈吗?

林续也在微信上问了马前这个问题,马前回答他:"你知道吗,林续,最近几年来我店里买桌游和游戏机的顾客很多都已经为人父母,发现这个现象的时候我其实还挺感慨的,我们很多人都还在喜欢着小时候就开始喜欢的东西,玩着小时候就在玩的游戏,不是因为我们幼稚,而是我们在兼顾内心的小孩的时候,也可以担负起成年人的责任,它们从未冲突。"

林续觉得好笑,自己明明在职场上摸爬滚打体会形形色色的人和事,却总是被一个成天打游戏的人用和游戏相关的道理成功开导。

"那个让你心动的女孩子怎么样了?"

"我等了那么多年,她才第一次走进我的店,谁知道下次是什么时候呢?下次,我不会再让心动的女孩从自己眼前溜走。"

"你也别这么说,在你的店里有那么多玩偶女朋友看着,你竟然喜欢上别人,感到紧张是应该的。"损友就是生活里的所有事情最后都可以用调侃结束。

下班的时候,陈见鹿走到林续身边冷不丁地说了一句:"师父,关于你那个问题,我觉得如果是对的人,那么什么时候都可以。"

林续回答她:"巧了,我也是这么觉得的。没想到你年纪不大,觉悟挺高啊。"

"嘿嘿。"陈见鹿傻笑并心想:都说到这个份儿上,他是不是准备要和我表白了?

林续很喜欢住在这栋楼里的原因是这里的天台是可以上去的。

这个城市里可以上天台的地方不多,林续只知道这里可以。

天台的特别在于,如果从家里的窗户向外望能看到夜空,那你一个人坐在天台上放空的时候就会感觉这一大片夜空都为你所拥有。看到和拥有,差别巨大,每当这个时候,林续就会感受到一种幸福。

丁耳朵上到天台看到林续也在的时候愣了愣,还是找了个地方坐下,和林续保持距离。

过生日的那天,她的好朋友庄庄偷偷跟她说:"这个大哥哥一定喜欢你姐姐,她会把你姐姐抢走的。我的表姐谈恋爱以后就住到她男朋友家里去了。"

丁耳朵气鼓鼓地回答她:"我姐姐才不会抛弃我。"

但她还是开始排斥林续,怕的不是姐姐被抢走,而是因为她目睹了爸爸会让妈妈受伤,姐姐的前男友会让姐姐受伤。丁耳朵想起前不久听到姐姐打完电话以后哭了很久,后来她用姐姐手机玩游戏的时候偷偷看了一下,就是

第九话 ▶ 天台和夜空

和那个男朋友打的电话。

于是她决定保护姐姐，不让林续靠近，那姐姐就不会再受伤。

不过上次破坏了林续的拼图以后，林续真的就再也没来找她们了，对她一个十岁大的小孩子说到做到，这倒是让丁耳朵挺意外。

丁耳朵在破坏林续的拼图的时候还是很犹豫的，她体会过心爱的玩具被人弄坏的心情，很不好受。

林续喝了一口手上的啤酒，远远问她："你一个人吗？"

丁耳朵回答他："姐姐等一下就上来。"

林续说："你知道吗，其实我好想掐掐你的脸。"

丁耳朵不知道他为什么突然来这一句，瞪了他一眼："你敢！"

林续继续说："好好一个十岁的小姑娘，怎么老是板着个脸，好想像捏橡皮泥一样把你掐成正常的十岁小姑娘的样子，十岁的小姑娘，应该笑起来像花儿一样的。"

丁耳朵其实觉得林续这句话有点好玩，但是依然怒斥他："你的脸才像橡皮泥，你的脸是烂泥巴。"

"你也在这里呢。"不知情的丁尔夕上来看到林续也在，挺开心。

"上来吹吹风。"林续说，想着把手中的啤酒喝完就离开。

"王姨带我们过来看房子的时候，我们一知道这里可以上天台就马上定下了，都说离开这个世界的人会变成星星在天上看着你，我相信这是真的。"

"我也相信。当一个人失去过重要的人，一定会相信的吧。"林续喝了最后一口啤酒，"我奶奶对我特别好，但是在我小时候就离开了。有一次看到天上有颗星星眨巴眨巴的，我觉得一定是她，这么唠叨的星星除了她还有谁？结果我发现我错了，那其实是一架飞机。"

丁尔夕本来都被林续说得有点感伤了，又被他最后一句话逗笑。让林续没想到的是，他瞥到丁耳朵也笑了。

"学校的生活还好吗？"丁尔夕抱住妹妹，"有不开心的事情不要藏在心里，一定要和姐姐说哦。"

"那你工作时有不开心的事情也会和我说吗？"丁耳朵反问她。

"会呀，但是我没有不开心哦。"

"我也没有。"

"今晚的月亮不错，你们好好看看吧，我和人有约定，我得回去了。"林续不想打扰两姐妹的温情时光。

"最近真挺忙的啊你。"丁尔夕只当他是约了别人有事，只有丁耳朵知道这话说的是自己，因为林续生怕她不知道，还朝她看了一眼，做了一个捏脸的动作。

这个邻居大哥哥，真是幼稚。

每个人都有过这么一段长大以后就忘了的时间，那段时间看电视只分好人和坏人，会对朋友说"你是我最好的朋友"，喜欢的东西就拽着不放，不喜欢就躲得远远的，对一切事物都有自己的认知法则。

现在的丁耳朵就处在这段时间，在她的认知里，幼稚的人，好像不会是坏人。

第十话 ▸▸ 父母的心意

后来的一段时间里，林续和丁尔夕一直保持着网友关系，他虽然没有告诉丁尔夕自己和丁耳朵之间的小纠葛，但是和丁尔夕保持一致，一起保护着丁耳朵的各种想法，比如不接受和爸爸一起生活的想法，比如不接受林续出现在她们家里的想法。

林续和丁尔夕都相信时间会给人解决问题的方法，他们在用自己的方法努力地等待着。

因为只隔着一堵墙，林续就让丁尔夕省点钱，直接连接他家里的 Wi-Fi 就好，林续偶尔会想，共用一个 Wi-Fi 的网友不知道算不算这个世界距离最近的网友。

林续还想到，幸好脑电波只是微弱的东西，不然和 Wi-Fi 信号一样都被丁尔夕接收到就不得了了，那么多的信息都是关于她的，会把她吓一跳吧。

其实他们聊得也不多，但是林续发现丁尔夕非常擅长接他的梗，无论他有意无意地抛出什么东西，丁尔夕都能稳稳接住，然后抛回来。

这种感觉让林续想到了羽毛球。

羽毛球是一项有来有往的运动，无论是第一次打的人还是经验很丰富的人，只要两个人的水平差不多，就会打得很开心，因为每个人都是有赢有输，有对下一个球的期待。

林续喜欢这种和丁尔夕相处时把梗像羽毛球一样打来打去的感觉，无论多久都不会厌倦。

广告公司的人员流动非常快，这是整个行业都没办法的事情，但是林续的老板刘西，一直在凭借个人的力量加速人员的流动，他定期组织的奇特的团建活动，一直是公司员工们最抗拒却又无可奈何的事情。

这个月的团建，是整个公司包了一辆大巴去一个乡村体验农家乐。说是农家乐，最主要的环节就是摘玉米，而且是刘西的爸爸妈妈在农村种的玉米。

"我一直把大家当家人，所以我的爸妈、我家里的玉米也应该见见我的家人们。"刘西在大巴上慷慨激昂地说。

但是大家都知道，没有人会这样残害家人的，摘玉米这个活动不仅让大家累得半死不活不说，还被各种虫子咬了一身包，尤其是陈见鹿，被蜜蜂追着跑了好一段路。

从没体验过"农村风情"的陈见鹿在林续面前哭丧着脸："我朋友的公司这两天也有活动，但是他们是去香港购物游啊，为什么同样是活动，我却那么可怜？"

林续告诉她："但是你想啊，我们的结果其实一样，大家都是大包小包地回来了。"

第十话 ▶ 父母的心意

陈见鹿又气又笑："不好笑！我都被咬成这样了，你还有心情开玩笑！"

"好了，快用这瓶药油擦一下。"林续拿出一瓶东西。

"天哪，师父你怎么这么体贴。"

"因为我的爷爷奶奶也住在农村里呀，我知道会遇到什么问题。"

陈见鹿突然心想，如果这个时候冒出一条蛇咬她一口，林续会不会像电视里一样帮她把血吸出来。想到那个画面，她立即羞红了脸，慌忙深吸了一口药油的气味，让自己清醒一点。

擦完了药油，陈见鹿继续摘玉米，比之前更快，因为她想快点结束这次无聊的团建。

"你是不是有喜欢的人了，陈见鹿？"林续突然问她。

"你……为什么这么说？"

"你每摘一个玉米都会嘀咕一句话，是不是在玩那个小女孩都喜欢玩的游戏，说'喜欢我''不喜欢我'……"

原来是这个意思。

"那你过来仔细听一下。"

林续好奇地走近陈见鹿，听到她每摘一个玉米就诅咒一次刘西："脱发……做噩梦……尿频尿不尽……"

"你们小区里的电线杆一定贴了很多小广告吧……"林续被陈见鹿恶毒的诅咒吓到了。

"话说师父你也进入这个行业好几年了，觉得还喜欢吗？"摘玉米真的是一件很无聊的事情，陈见鹿停止诅咒刘西，开始和林续闲聊。

"我爸爸是个公务员，一直希望我以后也做个公务员，我做广告把他们气坏了，收入不稳定，还要经常加班，他们一直觉得这是一个错误的选择。"

"那你是为什么喜欢做广告呢？"

"我喜欢创造出不一样的东西，我不喜欢重复。你知道我最喜欢的一个广告是什么吗？"林续把一个玉米扔到筐里，顿了一下，"那个广告是说一个盲人在广场乞讨，很久才能听到一声硬币扔进乞讨碗的声音。后来一个广告文案路过，盲人问他可不可以帮自己写个牌子放在面前，他虽然不知道广告文案能干吗，但还是说了好的，接着盲人就不停地听到硬币扔到碗里的声音。那个广告文案为盲人写的是：今天天气真好，但是我看不见。"

"哇，也太棒了吧。"陈见鹿叫出声来，林续一点都不奇怪于她的反应，因为他知道所有热爱广告的人都会喜欢这个创意。

"我一直以为我会成为这样的广告文案，能用创意实现梦想，还能帮助别人，但是好像广告做久了，也开始流水线一样的方法了。真是嘲讽，明明是因为'喜欢不一样'开始做广告的，却越来越趋于重复，知道怎么让客户满意就怎么做，不再有挑战的勇气。"林续说到这里不由得叹了口气。

"我还有勇气哦，分点给你吧。"陈见鹿说。

"我是不会用我的智商和你交换的。"林续笑了笑，然后关上自己的心门，刚反应过来怎么突然就对陈见鹿敞开心扉了，让他有点不好意思。

刘西的爸爸也来到现场给大家加油鼓劲，他一摆出加油的手势，大家都笑了，原来刘总平时给大家加油是一种遗传。

休息的时候，老爷子告诉大家，刘西小时候没有自信，读书也读不好，

第十话 ▶ 父母的心意

就是他在不停地对着刘西加油鼓劲,告诉刘西要走出一条属于自己的道路,去体验外面的世界。结果刘西不仅成功走了出去,还从外面修了一条更平更宽的路通回村里。

大家都挺震撼,原来一个简单的行为背后还有这样的因缘,原来村里谁看到老板都像看到自己孩子一样热情是这个原因。

"其实我知道这次团建有点假公济私了,我就是突然想让我爸妈知道我其实是管着这么多人的。"忙完的间隙,刘西突然和林续交心,"一种想让父母骄傲的心理,你能理解吗?"

"当然理解,而且其他人我不知道,但是我觉得还挺有意思的呀。"林续没有说谎,"摘了一天玉米,我才知道可以只用脑子工作有多幸福。"

"是吧!这就是我组织这次团建的目的呀!"林续只是随口一说,立即被刘西纳为己用,用在最后的总结上。

林续只得无奈地摇了摇头。

结束了一天的团建回家,林续在过道里就闻到了酸甜排骨的味道。林续之前就感叹过丁尔夕做的菜有妈妈的味道,今天再次感叹。

然而他发现自己错了,因为真的是妈妈在做菜。

"你们怎么来了?"林续看到自己爸妈,吓一跳。

"你爸有个这边的老同学,人家孩子明天结婚,邀请了我们,我们顺便过来看看你。"

"怎么也不和我说一声就来了。"

"你爸说这样才能了解你的真实生活状况。"

"我可没说。他一个人能过什么样的生活,想想都知道了。"林续的爸爸在沙发上淡淡地接了一句。

林续仔细看了下,本来乱糟糟的客厅已经被收拾得干干净净,有一种被爸妈发现了自己的真实生活的尴尬。

"我可听王姨说你隔壁搬来一个姑娘和你挺投缘。"林续妈突然降低声音说。

"没这回事,就普通朋友,人家和十岁的妹妹一起生活,我不过是多帮了点忙。"

"那她爸妈呢?她性格怎么样呀?做什么工作的?"林续妈不出意外地关心起了所有妈妈都会关心的问题。

"都说了是普通朋友,你就别问这么多了,来来来,吃饭了。"

"你爸明天肯定会遇到很多老同学,要是有人给自己女儿找对象,我们是提你还是不提你呀?"

"不提不提,说了我的事情不用你们操心。"

林续妈知道儿子的性格,没再提这个事情,开始说最近温差大,晚上注意盖被子之类的家常,而林续爸一直默默吃饭。

"她做菜很好吃,和你做的味道有点像。"林续吃了一块排骨,说道。

"还说普通朋友,加油啊。人家带着妹妹不容易,有什么我们能帮的一定要帮。"林续妈笑了笑说,"我有没有和你说过,你爸以前也是喜欢我做的菜,一有苦力活的时候就跑我家忙里忙外的,哄你外公外婆开心。"

第十话 ▶ 父母的心意

"你是不是记错了,那时候肉都吃不起,只有地瓜、青菜,哪有什么你把菜做好吃的机会。"

"哟,还不承认。"林续妈笑得更开心了。

而林续看到,爸爸本来只打算吃半碗饭,在听他提起丁尔夕以后,又添了一碗。

自己的问题,在他们眼里真的是很大的问题啊,虽然理智告诉林续自己没有什么错,但是情感上林续有了内疚的感觉。

丁尔夕今晚带着丁耳朵参加学校里的晚会,很晚才回来,她不知道,有个阿姨一直在他们的小区里假模假样地和王姨跳着广场舞,其实一直等着她回家偷偷看她一眼。

终究还是没看到。

丁耳朵的童话之六：住在画里的人

　　她住在画里很久了。

　　她被挂在一家画廊的墙上，白天看着人来人往，晚上则跟其他画里的人聊天、串个门什么的。是的，就像《博物馆奇妙夜》里的艺术品一样，他们真的可以在没人看到的时候动起来。

　　她的新生活是在遇到周公老爷爷以后开始的，周公老爷爷住在一张新来的关于神仙的画里。

　　但是她只当周公是个普通的老爷爷，用画里的材料给他做了好吃的点心，欢迎他来到这里。

"你喜欢住在画里的生活吗？"周公边吃点心边问她。

"虽然知道有点妄想，但是我想知道是谁画的我，想知道和我有关的事情。"她回答周公。

"你的点心做得很好吃呀，作为感谢，我回报你做梦的能力吧，也许梦里会有你想要的答案。"周公用羽毛扇在她的额头上点了一下。

在遇到周公之前她从没做过梦，这天晚上，她做了第一个梦，梦里是一个巨大的游乐场，旋转木马上的人在欢呼。

后来她又梦到一个山谷，那里有漫山遍野好看的花。

再后来她又梦到一个海边，夕阳暖暖地洒在海面上。

她找周公解梦，问他这些梦都是怎么回事。

"这是心里想着你的人画的，说明这个世界上还有人忘不掉你，还在继续把你画到画里，而你就会梦到画里的事情。"周公对她说。

"那我的梦都是同一个人画的吗？"

"不一定，只要那幅画是为你画的，你就有机会梦到。如果你不喜欢，我可以收回你的梦，以后都不会再做这样的梦。"

"不要不要，很感谢你给我的这份礼物。"她开始期待接下来的每一个梦。

第十一话 ▶▶ 和好

幼稚的人不会是坏人，事情是在丁耳朵得出这个结论几周以后发生转机的。

在丁耳朵的心里有个列表，遇到麻烦的时候，姐姐是最后才能找的人，连她刻意疏远的林续都排在姐姐的前面，因为她觉得姐姐赚钱太辛苦了，实在不想成为姐姐的负担。

林续不知道这个列表，他正犹豫着这个周末要不要做出改变，比如给丁耳朵买个礼物套近乎。他想买个橡皮泥捏成一朵花的样子送给丁耳朵，想想就好玩，还没下决定的时候，一个未知电话打了过来。

"你好，请问你是丁耳朵的家长吗？"

林续觉得有点好笑，就在前不久，一个人突然问他是不是丁尔夕的男朋友，他承认了，让自己的生活翻腾了一把。现在又有一个人问他是不是丁耳朵的家长，他怎么一下子多了那么多身份。

当得知这个来电跟丁耳朵有关以后，他马上回答道："你好，我是，我现在就过去。"

第十一话 ▶ 和好

他可太需要这个来电了。

到了电话里说的地方,是家画廊。

丁耳朵坐在角落的凳子上,一脸不开心的样子,林续再走近一点,竟然发现她脸上有泪痕。

林续有点错愕,小恶魔也会哭?

"我是来接这个小女孩的,她怎么了?谁把她弄哭的?"林续提高了声音问老板,大有一种我被她捉弄了那么多次都没舍得把她弄哭,你怎么能抢在我前面的意味。

"三千块。"老板并不理会林续的音量,淡定地指了指旁边。

林续朝老板指的方向看去,看到一幅被弄坏的油画,画上是一个好看的女子。

林续知道丁耳朵比较闹腾,但是不至于乱惹祸,何况这是一幅三千块的画。

"你干的?"林续问丁耳朵,很生气,丁尔夕挣钱已经很辛苦了,她怎么还闯下这样的祸?

"对……对不起……我以后会想办法还你……"大概是这个金额超出了她以零用钱为计量单位的运算,丁耳朵全然没了以前的冷漠,哭丧着脸对林续说,"求求你别告诉我姐姐。"

这可是三千块啊……快赶上我半个月的工资了……怎么可能不告诉你姐姐……知道你喜欢捉弄我,可这次也玩太大了吧……

林续在心里默念了一番,决定还是得先把她带走。

"老板……不能打个折吗？"林续瞬间变成了笑脸，向老板恳求，"而且你们艺术的世界不都讲究寓意吗？你看这条裂缝、这些褶皱，是不是给这幅画平添了几分缺憾美？"

"小兄弟，我这么跟你说吧。这画人家已经交钱了，准备卖出去的时候，她就突然跑过来抱着不让我卖。这不就给拉扯坏了。"老板完全无视林续豁尽全力的胡扯，对他道出事情经过，"不过她弄坏了画也没逃跑，就让我给你打了电话。你放心，我绝对没有对她怎么样。"

"你看看，这发票我都开好了，人家看到画给弄坏了，就走掉了。"老板把一张发票放到林续面前，"幸好这个画家名气一般，所以才是这个价钱，如果是其他的画……"

"这幅画比你其他的画好多了。"丁耳朵突然不服气地冒出一句。

"你的意思是我应该卖得更贵，对吗，小朋友？"老板觉得丁耳朵的话有点好笑。

"不不不，她不是这个意思。"林续连忙捂住丁耳朵的嘴巴，同时无奈地掏出了钱包，取出银行卡。

"我以后真的会还你的。"丁耳朵跟在林续后面，抱着被自己弄坏的价值三千块的油画，带着哭腔怯怯地对林续说。

林续想着刚刷走的三千块，此刻很想和她一起哭。

"你能把耳朵捂上吗？"林续朝她微笑。

"什么？"丁耳朵以为自己听错了，如果觉得自己话太多了，难道不是应该把嘴巴捂上吗？

第十一话 ▶ 和好

"把耳朵捂上。"林续重复了这句话。

丁耳朵不明所以地把耳朵捂上了。

"以后是多久！你才多大！你知道我一个月就挣多少钱吗！我上辈子是不是抢过你的棒棒糖，这辈子被你讨债来了！我遇到你以后怎么就这么倒霉！"林续憋了很久的气终于化成连珠炮似的咆哮。

"好了，可以把手拿下来了。"林续做了一个让丁耳朵把手放下的动作，继续笑着说，"我刚才呢，就是问你，能不能告诉我你这么做的理由，看看能不能说服我不告诉你姐姐。"

丁耳朵一脸茫然地看着这个幼稚的邻居大哥哥——他竟然为了显得自己捂住耳朵真的可以隔音，对着嘴型说了一大堆没有声音的话。丁耳朵觉得这个人很好笑，但是现在好像不是笑的时候。

"画里的这个人……是我妈妈。"丁耳朵对林续坦白。

"这条斑马线是我姑奶奶。"林续说。

"啊？"丁耳朵不太明白林续的意思。

"还记得不久之前，你告诉我花泥里的是你爸爸吗？现在你妈妈又跑到了画里，你们家的人真是可以出现在各种地方呀。你觉得我现在能不能相信你？"林续又回忆起了那天惨痛的画面。

"你先帮我拿着。"丁耳朵把画递给林续，从背包里面拿出一张照片。

"真是我妈妈。"丁耳朵把照片递给林续。

林续看着照片上丁耳朵和妈妈的合影，再看了一下那幅油画，虽然照片和画是两种风格，但是仔细看的话，的确有几分相像，而林续还留意到这张照片磨损的程度，对一张照片来说，这得拿出、放回无数次才会形成。

"我一直以为可以等到我挣钱把这幅画买下来。"丁耳朵终于憋不住了，"哇"的一声哭出来，"我不想妈妈被挂到别人的家里。"

林续除了抱着她摸着她的头，不知道还能做什么。

"这是……谁画的？"林续问丁耳朵。

"是那个人画的，以前我妈妈是他画画的模特，他就是因为画我妈妈画多了，才和我妈妈在一起的。"丁耳朵管爸爸叫作那个人。

等等，画多了。林续的脑中飘过一丝不好的预感。

"你的意思是，你妈妈的画还有很多在市面上流通？"林续想确认自己的猜想。

"还有一些。"丁耳朵认真地点了点头。

"我的小祖宗，就这一幅，下回再看到你妈妈的画像，不要再冲动了好吗？"

丁耳朵沉默了几秒钟以后，点了点头。这几秒的安静让林续的内心翻滚不已，只能祈祷下不为例。

"你想不想跟我去个地方待一会儿，让你的泪痕消失到看不出哭过的样子？"林续问丁耳朵。

"谢……谢谢你，我之前还那样讨厌你，那样对你。"丁耳朵有点感动。

"所以以后我不用躲着你们了，你也不会再捉弄我了？"

"嗯。"丁耳朵点了点头。

成年人和小孩子总是有很多代沟，比如林续以为自己说的以后是从今天

第十一话 ▶ 和好

开始一直到死掉的那种以后，而丁耳朵答应的以后只是这一刻以后，明天之前。

　　林续给丁尔夕发了消息，说要带丁耳朵去吃汉堡，会晚点回去。丁尔夕看到这两个冤家竟然待在一块儿，虽然充满疑问，但还是很开心。后来当她得知自己的眼皮底下曾经如此暗潮汹涌的时候，不禁有点心疼林续。
　　"话说你是怎么知道我的手机号码的？"林续突然想起这个事情。
　　"王奶奶给了我们一张卡片，上面印着小区保安的号码、她的号码、你的号码，说有问题就拨打上面的电话。"
　　"王姨可真是太贴心了。"林续想着自己在王姨那里一会儿是免费的搬家劳力，一会儿是孩子的义务帮助中心，咬咬牙说。
　　林续把丁耳朵带到小区附近的一个破旧的小公园。在进入公园前，林续还去买了一大包小鱼干。
　　"你真是太好了，你是要带我玩鬼屋吗？"丁耳朵看到公园的地图，开心地说。
　　"想都别想！"林续赶忙把丁耳朵从前往鬼屋的路上拉走。
　　他们在公园的一个角落停下，林续拿出小鱼干"喵喵喵"地叫了几声，几个小脑袋就从各个角落冒了出来。
　　"我偶尔会来这里喂它们。"林续告诉丁耳朵。
　　丁耳朵很喜欢猫，所以这是她今天第二次仰望林续，她对林续的好感今天应该是飙升了两次。
　　"它们都叫什么名字啊？"丁耳朵蹲下来，看它们认真吃小鱼干。

"名字啊……没起名字呢,我跟金鱼似的七秒记忆忘性大,第二次来可能就不记得谁是谁了。"

"但是它们也跟喜欢金鱼一样喜欢你啊。"

"喜欢吃金鱼和喜欢金鱼不是一个意思吧……"林续明明很高兴,却故意咬文嚼字。

"那你怎么不带一只回家养着呢?"丁耳朵问他。

"我连自己都照顾不好呢,怎么敢多养一只猫。"林续挠了挠头说。

"那倒也是。"丁耳朵立即表示同意,一点都不客气。

"或许……大概……有一天,我会把其中一只猫带回家,好好养起来。"虽然林续一直有这个想法,但是这个时候说出来,更像是为了挽回点面子。

"那你怎么知道哪只是喜欢流浪的,哪只是喜欢被带回家的?"丁耳朵认真地说,"如果被你带回家了,却发现一点不喜欢,那还不如在外面流浪呢。"

林续听到这话,心里"咯噔"了一下,他想起丁尔夕说过的丁耳朵在她们爸爸家大闹的事情,现在她是在说猫还是在说自己?

林续不知道该怎么安慰她,他最不懂的就是安慰人,何况是面对一个那么聪明的小姑娘。

"不过你要是家里有只猫,就可以带猫过来找我们玩了。"丁耳朵告诉林续,像是在说猫是一张通行证,现在你有机会获得这张通行证。

"而且我现在批准你喜欢我姐姐了。"丁耳朵又补了一句,林续要是喝着水听到这句话,一定当场喷出来。

"原来喜欢你姐姐是需要你批准的吗?"林续从来不知道丁耳朵的小脑

第十一话 ▶ 和好

袋里在想什么。

"不需要吗?"丁耳朵的回答不容置疑。

"你知道我喜欢你姐姐,她是不是也知道?"

"她不一定知道,因为我最喜欢的动画片就是《名侦探柯南》,我比姐姐聪明。"

林续不知道为什么喜欢看《名侦探柯南》就可以变聪明,但是得到丁耳朵的"批准"让他很开心。

林续还不知道自己通过了丁耳朵长时间的"考核",都说小孩子的脸是六月天,说变就变,林续有多讨厌之前的雷雨,就有多喜欢现在的艳阳天。

"耳朵……你看今天哥哥也帮了你那么大忙……你是不是可以经常和我透露一下你姐姐喜欢什么、在干什么之类的?"

丁耳朵今天刚在语文课上学了"得寸进尺"这个成语,她觉得现在林续的行为非常"得寸进尺"。

"那也不是不可以。"丁耳朵突然想到了什么,"我现在是不是欠你三千块?"

"只要你能让你姐姐喜欢我,这三千块就一笔勾销了。"

"不行,你比姐姐之前的男朋友差太多了,她不会喜欢你的,但是我有办法靠自己的努力还清你的钱。"

"原来你对我这么没信心,那你之前还那么排斥我……有必要吗……对了,你能有什……什么办法?"

"两百块告诉你一件想知道的事情,从我的欠款里扣。对了,如果想了解之前那个优秀的男朋友,那么一条信息要五百。"丁耳朵闪着水灵灵的大眼睛,说出了还钱的办法。

哦,未来丁耳朵不仅可以还清欠款,甚至还有赚的可能。

"你真的不会告诉我姐姐吗?"送丁耳朵回去的时候,她再次向林续确定。

"那你得不告诉你姐姐我喜欢她。"林续有点不好意思,"那个啥,你们现在还会'拉钩上吊一百年不许变'吗?我们拉个钩呗。"

"你真幼稚。"丁耳朵害怕被姐姐看到,在小区门口就把画小心翼翼地交接到了林续的手上。

丁耳朵告诉林续丁尔夕前男友的微博名,是她玩姐姐手机的时候偷偷记下的。林续睡觉前找到了那个微博,从内容上看是一个生活质量很高的男人,应该是从事金融行业,发表了很多对金融时局的看法。

跟发表看法时的专业术语不太一样的是,他还发了很多抒发情感的文字,字里行间都是失恋的痛苦,看起来他完全没有放下这段感情。林续打开前置摄像头,看了看三十岁的自己连洗面奶都很少用的憔悴面容。

乘虚而入不太光彩,而且面对这样的对手,林续也没觉得自己就有乘虚而入的可能。

不过今天还是让他挺开心的,经过今天的接触,林续觉得丁耳朵之前只是态度绷得太紧了,她真愿意和人相处的时候还是很可爱的。

第十二话 ▶▶ 去小岛

"告诉你一个好消息。"这天,李菲的笑容和往常的职业微笑不太一样,林续感觉有好事要发生。

"上次你加班改好的旅游网站提案,甲方很满意,所以现在奖励你和陈见鹿一个旅游的机会。"

有过无数次上当的经历,林续对李菲口中的奖励很敏感。

"这个周末,去天喜岛上待两天,出一个帮他们推广的方案。"

果不其然。

"旅游的机会?这不就是出差吗?有没有加班费?"

"这怎么能说是出差呢,这是旅游呀。"李菲和林续周旋,"要不这样吧,反正他们也是希望小岛多点人气,我允许你带上一两个朋友,路费和住宿都报销。"

"我知道你有非常想带的一两个朋友。"李菲露出一点坏笑,两人心照不宣。当你和一个人共享了一些只有你们两个人知道的秘密,就像是涂抹了一层天然的胶水,你们的感情就会比普通朋友更特别、更牢固一些。

李菲说得对，有什么约女孩子的借口比"公司出钱，不去白不去"更合适呢？

没有早一点，没有晚一点，在林续和丁耳朵停战以后，这个机会就来了，林续觉得这是上帝对自己的恩赐，是吃了那么多苦以后用积分换的一点甜。

林续马上在微信上找到丁尔夕：我们公司周末有几个去海边游玩的机会，你想不想带上丁耳朵出去玩玩？

"师父你在看什么好玩的视频傻笑成这样？"陈见鹿很少看到林续边看手机边傻笑。

"我们周末要去公费游玩了！"林续告诉陈见鹿。

"和我一起出去玩就让你这么开心啊！"

陈见鹿的内心刚狂喜地准备掀起海浪，林续的第二句话就砸了过来："我会带上两个朋友，大家可以一起玩，都是好相处的人，你也会喜欢她们的。"

丁尔夕回复林续的邀请说"非常开心能有这样的机会"，林续有点抑制不住地高兴。

"对了，车上还有一个位置，你有没有想带的朋友？"

"我没有什么想带的朋友啦，师父你带的是什么样的朋友呀？"陈见鹿希望不是自己想的那样。

"一大一小两姐妹，是我的邻居，嘿嘿。"林续没有察觉到自己情不自禁地"嘿嘿"了两声。

"和邻居出去玩能高兴成这样子，难道那个姐姐是你喜欢的人吗？"陈见鹿问出这句话的时候心里充满忐忑。

第十二话 ▶ 去小岛

"算是吧。"林续不好意思地挠了挠头。

陈见鹿的内心还是掀起了海浪，但是是因为一块巨大的石头砸了下去。

林续跟陈见鹿眉飞色舞地说了很多丁尔夕搬过来以后他的生活都发生了什么，但是陈见鹿只听进去了前面的一句话："我第一次从猫眼里看到她的时候就喜欢上她了。"

陈见鹿脑子"嗡"的一下，终于明白之前的一系列事情都是误会，其实只要一细想就会发现一切都是自作多情，林续老说她脑子不好，她每次都——反驳，现在她觉得自己真的是蠢得不可救药。陈见鹿还明白了原来喜欢就是一瞬间的事情，超过了一瞬间还没喜欢上，也许就再也不会喜欢了，比如一直在林续身边的自己。

陈见鹿没有理会滔滔不绝的林续，她不想了解得太清楚林续和那个女孩子之间的故事，"汝之蜜糖，吾之砒霜"的痛苦此刻正在她的心头荡漾。陈见鹿看到桌面上有一摞纸杯，拿出其中三个，把一个小纸团在三个纸杯里来回切换，看到林续注意到以后露出疑惑的眼神，停下问林续："纸团在哪个杯子里？"

林续像刹车一样继续把话说完才指了指中间的杯子。

陈见鹿打开杯子，林续答对了。

林续说："那么大一个纸团想藏好也太难了吧，只要稍微看一下就很容易记住。"

陈见鹿笑了笑："对啊，那么大一个纸团，要是看不到，那就是压根儿没有注意过。"

林续很久之后才知道，陈见鹿今天的这句话，说的其实是对他的喜欢。

陈见鹿问她的好朋友思晴："怎么办？原来一直是我自作多情，他都开始考虑以后怎么照顾人家妹妹了，我想装病不去了可以吗？"

思晴："不要尿！知己知彼，百战不殆，这是你了解情敌的好机会！"

陈见鹿回："知道了，也就是要让我死得明明白白。"

周六早上，林续开着公司的车，准备带上三个女孩子踏上小岛之旅。

这是陈见鹿第一次见到丁尔夕，无论是外貌还是性格、气质，陈见鹿都感觉自己在她面前像个小屁孩，瞬间被秒杀。

"你好，我是陈见鹿。"这大概是陈见鹿最有气无力的一次自我介绍。

"你好你好，跟着林续这种人一起工作一定受累了吧。"丁尔夕不忘吐槽林续。

"没有没有，他教了我很多东西，挺好的。"是非常好、特别好，陈见鹿在内心强调。

"我们快点出发吧。"林续在车上叫道。

陈见鹿还在想自己坐哪里的时候，丁尔夕已经和丁耳朵迅速地钻进了后排。

陈见鹿坐在副驾上如坐针毡，感觉坐在一个不属于自己的位置。

"陈见鹿傻愣着干什么，帮忙设置一下去天喜岛的导航。"林续对陈见鹿说。

第十二话 ▶ 去小岛

"哦，好的。"陈见鹿在车载导航上摸索，只要在目的地的位置输入一个名字，导航就会绕过途中的障碍规划出一条最合适的路线，并且在途中实时提醒注意事项，那么，如果设置的目的地是一个人的心里呢？

陈见鹿为自己冒出的这个想法翘了翘嘴角。

一辆循环播放着周杰伦专辑的车朝一个小岛奔去，车上的四个人偶尔合唱，偶尔各怀心事。

天喜岛是一个不大不小的海岛，林续听说过这个地方，但是一直没来过，因为他不愿意花三个小时的车程来一个只听说过名字的地方。

很多人和林续有一样的想法，所以林续此行的目的就是要挖掘小岛的特色，想出吸引游客的策划。

接待他们的是天喜岛的岛长和专门负责岛上旅游的龙经理，看龙经理西装笔挺的样子就知道不是岛上的人，而且不太好接触，一开始就板着个脸说："我看过你们公司的一些案例，坦白讲，选择你们公司是一场冒险，希望你们能拿出像样的方案。"

"坦白讲""一场冒险"，嚯，龙经理这是真心话和大冒险一次都给玩了。林续虽然在心里嘀咕，嘴上依然客气地回答他："这个当然，我们会让您看到我们的专业。"

"就当过来玩一回，不要带着工作上的压力。"岛长马上打破有些僵的气氛。

岛长和龙经理很明显是两种人，虽然他的身上肩负着让岛民们发家致富的重任，但是始终抱着一种欢迎朋友来家里做客的态度，笑脸盈盈地带他们四处观光。

对于龙经理来说，宣传小岛的旅游只是一份工作；而对于岛长来说，这里是他生活了几十年的地方，对每一粒沙子、每一股海风都充满感情。

"岛长，你觉得你们都有什么特色呀？"林续已经看到海了，海边的沙子很干净，可能是因为游客不太多。

"有海，有沙滩，有海鲜，有个灯塔，有个教堂，有几艘船可以带游客出海捕鱼，除此之外也没什么了，所以才找了你们嘛。"岛长的口气有点不好意思，像是在给自己的丑女儿说媒。

"对了对了，我们这个小岛还有个传说。"岛长临时想起，显得这个传说是那么微不足道，像是为了凑数而存在，"传说啊，如果你们在晚上看到一条发光的大鱼从海里跳起来，你们的爱情将会得到祝福，不好的事情都会绕开你们。"

"发光的大鱼有多大，能吃吗？"丁耳朵接了一句，立马被丁尔夕捂住嘴巴。

"岛长，这是你为了吸引大家来玩，特意想的吧？"林续觉得有点好笑。

"嘿嘿。"岛长用憨笑表示默认，"就是我小时候见过一条发光的大鱼，一直念念不忘，后来大家让我想个噱头，我就想起那条鱼了。鱼有海豚那么大，我们还是不要吃它了吧。"

"哇！"林续四个人异口同声，"所以真的有发光的鱼啊？"

"有是有，可惜我就见过一次，后来就再也没有见过了。那时也不像现

第十二话 ▶ 去小岛

在随时带着可以拍照的手机,没人相信我说的。"

敢情岛长是把自己的故事变成了传说。

"那岛长你的爱情得到祝福了吗?"陈见鹿笑着问。

"不管什么爱情不爱情,反正我和老伴感情挺好的。"岛长回答这个问题有点不好意思。

当听到爱情传说的时候,林续其实是觉得好笑的,就像每个饭馆都有一段乾隆下江南的美食故事,不过是卖家的噱头罢了,大家早已见怪不怪。

但是当岛长说他真的见过一条发光的大鱼,林续反倒真的想晚上的时候去海边等等。稀罕的事物就像带着魔力一般,会让人相信期待的一切都能发生。

灯塔、教堂、巨大的礁石……一行人把岛长说的特色都逛了一遍,林续觉得这次的策划不容易,单凭这些招揽游客有点薄弱。海对游客当然有天然的吸引力,但是在城市的另一边有更近的一片海岛在等他们,那里的开发也更成熟,人们肯定更倾向于选择那边。

"有什么想法吗?"林续问陈见鹿。

"暂时还没有。"

"看你眉头紧锁的,放松点嘛。就当是出来玩,要放松才能想到好点子哦。"林续鼓励她。

陈见鹿的确是眉头紧锁,但不全是因为方案的问题,更大的原因是自己的情敌就站在面前,什么都没干就把她给打败了。

"来,钥匙。"林续递给陈见鹿一根路边刚买的棒棒糖。

"什么钥匙啊？"陈见鹿莫名其妙。

"你不是眉头紧锁吗，这根棒棒糖是开锁的钥匙。"林续认真地说。

"你好无聊。"陈见鹿还是笑了，不是因为林续的烂笑话，而是因为他一本正经说烂笑话的样子。

两姐妹倒是玩得挺开心，到处追打着拍照，看到路边小摊在卖吹泡泡水更是兴奋，立即买了两瓶吹起来。

"我现在是一条鱼在说话。"丁耳朵对姐姐吹了一串泡泡。

"我来回答你了。"丁尔夕也吹出一串泡泡。

"丁耳朵说自己是一条鱼是什么意思啊？"陈见鹿吃着棒棒糖不解地问林续。

"就是……鱼在水里说话的时候会冒出一串泡泡，丁耳朵说话也冒出一串泡泡，所以她现在也是一条鱼。"

"你懂她们。"陈见鹿的惊叹里带着嫉妒，棒棒糖都没了甜味。

"略懂皮毛而已，很多时候也是不懂的。"林续说的是心里话。

"你们要不要也玩一下？"丁尔夕叫唤林续和陈见鹿。

"好啊好啊。"林续的童心早就蠢蠢欲动了。

"你去吧，我给你们拍照。"陈见鹿晃了晃相机。

陈见鹿把镜头对准他们，被眼前漫天的泡泡吸引住，像是自己在林续不知道的时候偷偷的喜欢、偷偷的想念，一个个都曾经存在，色彩斑斓，又都毫无痕迹地消失在空气中。

第十二话 ▶ 去小岛

丁尔夕已经很久没有和丁耳朵这样肆意地玩耍,以前她坐在沙滩上看着丁耳朵玩水,看到妈妈跑过去抱起丁耳朵,爸爸在旁边帮她们拍照,丁耳朵朝她招手:"姐姐快来。"

一切都如此美好。

"在想什么呢?"林续的声音把她从幻觉里叫醒。

"发呆而已,这种时候很适合发呆不是吗?"丁尔夕搪塞过去,"谢谢你邀请我们来玩,真的很谢谢。"

"生活一直都像这片夕阳那么美就好了。"林续也坐了下来,和丁尔夕一起发呆。

"你知道我们的名字里为什么都有夕阳吗?"

"都有?哦对,丁尔夕,丁尔多,丁尔多的'多'就是两个夕阳,我还是个文字工作者,竟然今天才注意到它们的关系。我猜,是因为你们的爸妈很喜欢夕阳?"

"还挺好猜的是吧?我妈妈很喜欢夕阳,我爸爸很喜欢画夕阳。据说当年妈妈就是因为爸爸画的夕阳才喜欢上他。后来他们一起去看过很多地方的夕阳,还给我们两姐妹的名字都带上夕阳。没想到……"

"别想难过的事情了,想想当年的他们看着这样的夕阳的时候,肯定是相亲相爱的。"

丁尔夕没有再说话,安静地和林续看了很久的夕阳,直到听到林续一声尖叫。

丁耳朵不知道什么时候出现在林续的身后,突然就拉开他的沙滩裤,把一只刚捉到的小螃蟹扔了进去。

林续刚开始还不知道发生了什么，螃蟹应该也和他一样，于是拼命在黑暗里反抗，乱掐。

虽然很狼狈，但是已经顾不上其他了，林续从没想过自己会当着丁尔夕的面把手伸进了裤子里，掏来掏去好几个回合，终于找到了小螃蟹。

小螃蟹刚重见天日就被林续用力朝天上甩去，飞得很高。

"丁耳朵这回玩过头了！"丁尔夕气愤地就要去找丁耳朵，马上被林续拦下。"没事没事，就是太突然了，吓一跳，也没那么痛。"

陈见鹿远远目睹了一切，包括丁耳朵悄悄地走过去。本来看到林续出了那么大的糗她还挺开心的，也情不自禁地笑了，看到最后却又变得五味杂陈，她失落地朝海滩的另一边走去。同样的一片金色下，有人的感情在升温，有人的感情……被泼了一盆冷水。

"小鹿姐姐，这个角度的你很好玩哦。"刚刚成功完成了一场恶作剧的丁耳朵举着手机对抱着膝盖坐在一块大石头上的陈见鹿说。

"你不会也要对我放螃蟹吧？"陈见鹿对古灵精怪的小女孩还不太了解，有点忌惮。

"你放心吧，我只会捉弄林哥哥。"丁耳朵说。

"为什么只捉弄他呀？"陈见鹿不明所以。

"因为他好欺负呀！而且他喜欢我姐姐。"丁耳朵真诚地回答。

"喜欢你姐姐你就作捉他呀？"

第十二话 ▶ 去小岛

"连这点小捉弄都受不了，怎么可以喜欢我姐姐？"丁耳朵一本正经，俨然是个守护姐姐的吉祥物。

"总之你不对我放螃蟹就好。你说这个角度拍照好玩是怎么回事？让我看看。"陈见鹿虽然醋意满满，但还是从脸上挤出笑容。

丁耳朵拍下的陈见鹿，由于角度的问题，和远方的灯塔重合，就像是戴上了一顶皇冠，在夕阳的照耀下还闪着金光，让陈见鹿惊喜无比。

"这个真是太棒了。姐姐能看看你还拍了什么照片吗？"陈见鹿问丁耳朵。

"还有一些。"丁耳朵把相机给陈见鹿。

陈见鹿一张张翻丁耳朵拍的照片，眼睛越睁越大，她已经被丁耳朵的想象力折服了。

"师父！我想我知道我们的宣传怎么弄了。"陈见鹿拿着相机，迫不及待地找到了林续。

"你看这张，我就像戴着一个皇冠，还有这张，丁耳朵像是捧着一朵云，还有这张，你像是多了一双翅膀。"陈见鹿给林续一张张介绍丁耳朵拍的照片。

"你是说，通过这些借位的照片引起大家的兴趣，然后达到宣传小岛的目的？"

"国外有个地方有块大石头你记得吗？站在上面拍照就像是站在很危险的悬崖边，让人感觉照片里的人十分冒险，其实那块石头非常安全，摔下去也是一片柔软的草地。但是大家为了拍出那种效果的照片，排着队在后面等候。"陈见鹿有些激动。

"还有比萨斜塔。很多人都在现场拍出了推倒斜塔的照片。"丁耳朵冒出一个头说,并做好随时逃跑的准备。

然而林续翻着丁耳朵拍的照片,已经忘了刚才的事情,他觉得这真的是个不错的想法。

单凭照片,吸引力还是不足,但是如果给每张照片配上动人的文字,又是另一种感觉了,而林续他们的工作就是这个。林续甚至已经想好了,主题就是一个小孩的想象力,先吸引大家的兴趣,最后升华到"这里没看到的乐趣超乎想象,哪怕是丁耳朵这么强大的想象,只有来了才能体会"。

林续没想到丁耳朵在今天还能帮自己一把,有点"养兵千日,用兵一时"的感慨,虽然养兵的方法是自己不断被捉弄、被折腾。

"耳朵,你还能多帮我们拍拍这种照片吗?"林续问丁耳朵。

丁耳朵把林续拉到一边:"一张一百块……欠款里扣。"

成交……

丁耳朵带着陈见鹿,一起寻找能拍出好玩照片的角度,看着她们忙碌的身影,林续感叹:"怪不得她喜欢柯南,他们其实是有共同点的。"

"什么共同点呢??"丁尔夕不解。

"用小孩子的身子提醒大人找到解决问题的办法。"

"你别吓我,柯南通常找的都是凶手,而且很多案件都在小岛发生。"丁尔夕笑道。

"《天喜岛失踪之谜》,唯一的线索就是沙滩上的一串脚印!"不知道从什么时候开始,林续和丁尔夕越来越懂得玩接梗游戏。

丁耳朵的童话之七：神奇的会发光的鱼

海里有一条浑身发光的鱼，有一天它跃出水面透气，碰巧被海边的人看到，于是人们开始传说，如果你在海边遇到一条会发光的鱼，你将会得到它的祝福。有了这个传说以后，每天都有很多人到海边希望看到那条鱼。

发光鱼的好朋友小丑鱼不明白，它问发光鱼："为什么大家会这样呢？"

发光鱼对小丑鱼说："因为稀罕呀，人们看到稀罕的事物就觉得有魔力。"

小丑鱼还是不明白："稀罕的事物就有魔力，那是不是会唱歌的海草也有魔力？长得像蘑菇的云朵也有魔力？鲸鱼喷水的时候制造出的彩虹也有魔力？"

发光鱼："对呀，你说的这些都有魔力。小丑鱼最近有遇到什么稀罕的事物吗？"

小丑鱼："我有个姐姐。"

发光鱼："也是一条小丑鱼？"

小丑鱼："不一样，她是一条好看的小丑鱼。她最近和一条海豚走得很近。"

发光鱼："小丑鱼能和海豚做朋友算不上很稀罕的事情吧？"

小丑鱼："我看到姐姐在海豚身边的时候露出了好久没有见过的开心的笑容。"

发光鱼："原来是这样，那你不觉得那个笑容很有魔力吗？"

小丑鱼："没有，我觉得那条海豚有魔力。"

第十三话 ▶▶ 穿越时间的邂逅

在岛长开的民宿里,大家终于见到了传说中被大鱼祝福的夫人,略为丰满的身形一看的确充满了福气,和瘦长的岛长站一起是个特别的组合。

陈见鹿给岛长夫妇看他们的相机里今天的收获,岛长也很开心:"我都在这里活大半辈子了,从没想过还可以这样拍照片。小朋友真厉害。"

丁耳朵也觉得自己很厉害,但是是饿得很厉害,只顾着啃美味的蟹腿,没有回应岛长的表扬。

"这种图片网上也有不少吧,不见得有效果……"龙经理幽幽地说道。

经过一天的接触,大家已经对龙经理有所了解,名牌大学旅游管理专业的毕业生,天喜岛为了扩大旅游事业招揽人才的时候招来的。林续心想,龙经理的简历上肯定有一条"擅长找碴及破坏气氛"。

"大家快吃吧,小龙你也多吃点。"岛长没有给龙经理继续破坏气氛的机会,让他快点用食物堵住自己的嘴。

奈何广告做不到直接让受众品尝到味道,不然这一桌美味的海鲜,让大家觉得别说今天的辛苦是值得的,甚至可以上升到活着是值得的,这就是最好的广告。

丁尔夕一直在给大家剥虾壳,剥了满满一盆,这种服务精神被岛长看在眼里,热心地问道:"小丁是做什么工作的,有没有兴趣来我们岛上做导游呀?"

林续差点一嘴蟹肉喷出去:"岛长你们这么缺人的吗?见个人就想留下来。"

"开个玩笑嘛,万一小丁喜欢这里呢。"岛长"嘿嘿"笑起来。

"我姐姐是心理医生。"丁耳朵替姐姐回答。

"心理医生?"林续和岛长异口同声。

岛长是因为只在电视里见过这个职业所以惊讶,而林续,很感叹自己竟然一直没有问过丁尔夕的工作,不过丁尔夕好像也是今天才知道自己的工作。

林续一直对心理医生这个职业感到好奇而敬畏,觉得他们都是具有读心术的人,所以现在自己在丁尔夕的面前跟赤裸裸的差不多,林续有点想捂住自己的心脏和脑子。

"放心,我没有读心术。"丁尔夕笑着说,可她没有想到,这句话对于林续来说,恰恰就是读心术。

"你们城市里的人压力太大了,房价贵,消费又高,的确需要这个职业开导一下。我们从小就住在海边,无拘无束,心理就从来不会出现问题。"

"所以那么多人会在休假的时候选择到海边游玩,因为大海就是最好的心理医生呀。"林续回答岛长。

"这话说得好,可以写进宣传方案里。"岛长笑道。

心理医生啊……林续想起了之前提醒丁尔夕提防PUA的事情,突然觉得

第十三话 ▶ 穿越时间的邂逅

这种套路在她面前是一种小儿科，怪不得她那么不以为意。

丁尔夕还想说点什么，却突然停下剥虾的手，眼睛定定地看着墙上。

林续看到了她的异样，循着她的眼神看去，不禁感叹："这幅画里的夕阳好美啊……"

"每个人看到这幅画都是这个反应。"岛长告诉大家，"这幅画的画家和妻子当时在岛上住了两个月，只为了画这里的夕阳，真是一对令人羡慕的神仙眷侣。"

丁耳朵听到这话也停下了嘴巴。朝画看去。

莫非……林续决定走近一点确认，署名是丁明。

林续刚刚听丁尔夕说她们的爸爸喜欢画夕阳，而这个画家姓丁，再联系两姐妹的反应，这竟然是她们爸爸的作品。

林续突然想起了什么，如果你经历过一些可怕的事情，就会理解他的一惊一乍。林续赶忙望向丁耳朵，做好了冲刺的准备，只要丁耳朵站起来，他就冲过去拦住丁耳朵，以防耳朵和上次一样发怒地对这画做些什么。

而丁耳朵只是定定地看着，一动不动。

就在今天，丁耳朵为了拍照把这个小岛玩了一遍，她总觉得虽然从未来过这里，却有一种说不出来的亲切感，现在听到岛长说自己的爸爸和妈妈在这里住过几个月，也就是说今天她去过的地方都留下过爸爸妈妈的足迹，丁耳朵突然就找到了答案。

林续说："耳朵啊，明天咱们能不能再逛一圈，看看能不能拍出更好的照片？"

丁耳朵淡淡地回答:"哦,好的。"

晚上沙滩上还有晚会,看得出岛民为了给游客留下美好的回忆真的很努力。

"谢谢你啊。"丁尔夕对林续说。

"谢我什么?"

"你是知道耳朵想再仔细看看妈妈待过的地方,所以才让她明天再跑一次吧。"

"哈哈……你这说的什么话,我还不是为了工作?"林续的口气没有太否认。

"还有,谢谢你跟她讲《小王子》的故事。"

"《小王子》的故事多可爱呀,我们都应该认识小王子。"

"我也看过《小王子》,但是你说妈妈会去小王子住的星球,看每天四十四次的日落,真的让我和耳朵都很感动,哪怕是想象出来的美好,也真的很美好。"

"你说阿姨喜欢夕阳的时候我就想到啦。"林续被说得又不好意思了。

有人在唱歌,一首和大海有关的歌。

"如果大海能够带走我的哀愁……就像带走每条河流……"

"大海带不走哀愁的,大海顶多是个寄存箱,你来这里的时候把哀愁寄存,离开的时候还是得带回去。"林续听到歌词突发感叹。

第十三话 ▶ 穿越时间的邂逅

"如果我们悄悄离开呢?"丁尔夕问。

"那大海就会用快递把你的哀愁寄回去给你。"

"这么一说,大海真是小气啊!"

"大海大概第一次听到有人会说自己小气吧,小心一个浪打过来!"

这一夜的月光很好,大海暂存了林续的哀愁,让他沉浸在快乐里。

晚上林续做了一个梦,一条发光的大鱼在海上跃起,光片洒在他和丁尔夕的身上。

岛长说,看到发光的大鱼的人,爱情会受到祝福,但他没说是在哪里看到的。

梦里看到的也算,对吧?

第十四话 ▶▶ 喝酒以后

回到公司,刘西和李菲对他们的初步方向表示满意,林续告诉刘西这都是陈见鹿和他的邻居丁耳朵的功劳。

如果陈见鹿没记错,这应该是林续第一次在大家面前表扬自己,表面上一动不动,内心已经开心地撒花。从一个非相关专业跳到广告行业,最期待的事情莫过于得到认可,这种开心,甚至可以暂时掩盖住暗恋失败的失落。

为了挑起读者的好胜心,大家讨论后决定把主题定为"悬赏:你能拍出比一个十岁小女孩拍的更有意思的照片吗",奖品则是免费入住天喜岛最好的民宿。

因为是陈见鹿提出的想法,而且林续也想给她一个锻炼的机会,就要求她在两天时间里完成初步的文案,最后由林续来调整。

两天!

这个方案背负着林续的期望,陈见鹿想力臻完美,每句话都看了又看,用"推"还是用"敲"这样的琢磨上演了无数次。

"我看好你哟,陈见鹿。"下班时间到,林续走过陈见鹿座位的时候没

第十四话 ▶ 喝酒以后

忘了留下一句鼓励。

"你还是管好你自己吧,别被人家灌醉了。"陈见鹿看着电脑头也没抬。

上次的楼盘顺利开盘,林续和李菲作为公司的代表,要去参加那边的答谢宴。

"那你今晚真的不来唱 K 吗?"思晴在电话里问陈见鹿。

"不来不来,忙着呢。"为了显示自己没有骗人,陈见鹿特意把键盘敲得更大声。

"反正你和你师父也没戏了,就过来玩一下嘛,你看我们都多长时间没见面了,上次也就我的手和你见了一面。"思晴提起上次的事,当然也是在暗示陈见鹿你欠着我呢。

"你才没戏了!那我过去待到十二点就回来啊。"陈见鹿拗不过思晴,答应赴约了。

虽然赴约的状态和思晴想的不太一样。

"要不要那么拼啊,小鹿同学!那些公交车上赶作业的小朋友一定都是以你为榜样吧?"思晴对带上笔记本电脑在 KTV 开工的陈见鹿说。

"你们唱你们的,就当给我伴奏了。"

陈见鹿抬头扫了一圈,除了思晴,没一个是她认识的。唱歌有什么乐趣?喝酒有什么意思?自己为什么要在这里?陈见鹿不知道,也懒得琢磨,她把头埋进键盘里,只想给林续、给自己交出一份完美的方案。

林续没想到会在一个开发商的答谢宴上看到丁尔夕,她穿着工作制服,和一群同样穿着制服的人坐在一起，虽然背对着林续，林续依然凭她的发型和身形就认出了她。

"你说，这个公司不会那么高级，配备了心理咨询师吧？"林续问李菲。

"什么心理咨询师？"李菲奇怪。

"那边有我一个朋友，好像是个心理咨询师。"林续含糊地说，没有告诉李菲丁尔夕就是那个搬到他隔壁的人。

"你搞错了吧，穿那个服装的都是楼盘的销售，我挺喜欢左上角那个，之前和她对接过工作，人很好。"李菲说的正是丁尔夕。

林续疑惑了，不是心理医生吗？

答谢宴的固定环节是开发商的领导先吹嘘一番本次的开盘成绩，然后开始给一桌桌人敬酒，轮到丁尔夕那桌的时候，林续看得眼睛直冒火，他分明看到一个领导的手搭在丁尔夕的肩膀上。

他紧握着拳头，等着丁尔夕有一点排斥的表现就冲上前去为她解围，拉着她的手离开。可惜没等到，领导大概是碍于公众场合，给大家敬完酒就去了下一桌。

一桌丰盛的饭菜让林续吃得味同嚼蜡，等到那个领导到他们这桌来敬酒的时候，林续在大家齐声说的"新盘大卖！"敬酒词中，对着领导咬牙切齿说的是"去死吧你！"。

晚宴结束了以后，林续不放心丁尔夕，一直在门口等着她。

当他看着刚才那个领导扶着醉得摇摇晃晃的丁尔夕出来，准备送她上一

第十四话 ▶ 喝酒以后

辆车的时候,他脑中想到了很多不好的事情,立即冲上前去:"尔夕!"

丁尔夕抬头看到他,迷迷糊糊地说:"林续啊,你怎么来了?"

"我刚才就坐你附近呢。你怎么喝那么多,我送你回家。"林续恶狠狠地看着那个领导,上前就要把丁尔夕夺过来。

"你怎么回事!"领导的司机看到领导被推了一下,马上下车质问林续。

领导挥手让司机别动,笑着问丁尔夕:"这是你朋友?信得过吗?"

"林续……是我在这个城市最信得过的人了……而且我们是邻居,放心地把我交给他吧……"丁尔夕顶着醉意说,同时告诉林续,"给你介绍一下,黄叔叔是我妈妈的朋友,在公司里给了我很多照顾。"

"啊……"林续的公司经常服务房地产行业,听过不少老总对售楼小姐揩油的事情,就算没听过,电视上也看过很多,所以有了这种误会。此刻他的脑子飞速运转,试图为自己找个台阶下。

"原来是邻居,那就好,那你们就一起上车吧。"领导没有在意他的误会,安排司机送他们回去就转身回了还没结束的宴席。

车子在城市的道路上疾驰,丁尔夕靠在林续的肩膀上,林续的脑中在回想丁尔夕刚才说的"放心地把我交给他吧",虽然不是那个意思,但是此刻在林续的心里就是那个意思。

"我们去天台坐坐吧,耳朵也不知道睡了没,我不想让她看到我这个样子。"下车了以后,丁尔夕对林续说。

"你今天怎么喝那么多酒?"林续有点生气地问丁尔夕,"女孩子喝醉很容易出事的不知道吗?"

"今天，发了奖金开心嘛，和同事们也要增进感情，其实也没喝多少，怪我酒量太差了。"丁尔夕喝了林续拿上来的温水，大概真的没喝多少，所以醉意来得快去得也快，已经清醒多了。

"不好意思啊，之前在天喜岛我就知道我们是合作公司，但是没有告诉你，没想到今天还是被发现了。"

"可是丁耳朵不是说你是个心理咨询师吗，你好像也默认了。"林续提出自己的疑问。

"对，这就是我没有主动提起的原因，这个你得给我保密。耳朵还不知道我回来以后换工作了。"

"所以你在北京的时候是个心理咨询师？"

"助理心理咨询师，以我的能力还不足以自己接收心理咨询的访客呢。"

"那为什么不继续做这份工作了，觉得不适合自己吗？"

"这个说来就有点话长了。"丁尔夕顿了一会儿。

"你在这个城市生活了那么久，觉得这里的心理咨询发展得怎么样？"

"说实话，若不是知道你的工作和心理咨询有关，我压根儿没留意到这个职业的存在。"

"就是这样的，我回来以后也想找对口的工作，找了半个月以后发现这个城市的心理咨询还在发展期。我没有足够的时间寻找合适的了，我得照顾自己、照顾耳朵呀，碰巧黄叔叔说公司里有空缺，我就过去了。"丁尔夕笑笑说，"不过心理方面的知识对卖楼也有帮助，虽然我没有读心术，但察言观色还是没问题的。"

第十四话 ▶ 喝酒以后

"而且你放心,我没有放弃心理咨询师这个梦想。"丁尔夕继续认真地说,"经历过妈妈这件事以后,我更觉得我这个职业很有意义。很多人想不开就是因为压死骆驼的最后一根稻草。物质上的事情我无能为力,但是精神的压力有时候比物质压力重多了。我想做那个帮助他们弹走几根稻草的人,让他们有继续面对生活的力气,继续去发现生活里那些美好的事物。"

林续听完丁尔夕的话沉默了很久,他仿佛看到一个瘦弱的身影,先是失去了妈妈,又为了妹妹回到这座城市,然后失恋,最后还放弃自己喜欢的事业,靠着售楼小姐的工作过渡。其中的艰难林续没有经历过,但是想想都累。即便这样,丁尔夕依然笑着告诉他自己没有放弃最初的梦想。

而林续这些年做了什么呢?一直得过且过,对工作是应付,对生活也是应付。他抬头看了看这座城市的灯光,突然很感叹,我都三十了?我这些年都做了什么啊?我也是有梦想的,和丁尔夕的付出比起来,自己真是个废货。

陈见鹿家的附近有个夜市,每天都要吵到半夜一两点,所以陈见鹿早就练成一种自动屏蔽噪声的本事,KTV里这些跑调的歌声和嘶吼根本不在话下。但是她忽略了一首歌最大的杀伤力从来不是音量,而是歌词。

我藏起来的秘密

在每一天清晨里

暖成咖啡

安静地拿给你

当陈见鹿听到有人在唱陈奕迅的《不要说话》，林续便在她的脑海里成了MV男主角，而她是一个爱而不得的小女孩，一种失恋一样的痛苦在她的心头蔓延开来。

陈见鹿放在键盘上的手指停止敲打。

"给我杯酒。"陈见鹿对思晴说。

"这才对嘛。"思晴给她递过一杯酒。

KTV都是情歌多，每首大家喜欢的情歌都会有几句戳心的歌词，而这些歌词就像子弹一样一句句扎进陈见鹿的心里，扎一次她就喝一口酒，扎一次她就喝一口酒。

直到第二天在家里的床上醒来，陈见鹿也不知道自己昨晚喝了多少。

陈见鹿洗了把脸清醒了不少，她看着镜子里的自己突然尖叫了一声，不是被自己宿醉的丑样子吓到。

"我的电脑！"陈见鹿狂奔出去，看到自己的笔记本电脑好好地摆在床边，长舒了一口气。

一切都顺利地进行，直到广告发布的前一天。

这天是周日，林续一大早就被李菲的电话叫醒："快去买一份今天的早报。"

林续知道李菲从来不是一个小题大做的人，于是赶紧起床，衣服都没换就跑到附近的报刊亭买了一份报纸。

硕大的标题《追寻一个小朋友的奇幻视角》映入眼帘，同样是借位摄影，

第十四话 ▶ 喝酒以后

内容和林续他们做的专题大同小异，尤其是写的关键点完全是林续和陈见鹿一起讨论过的，但是宣传的景点不是天喜岛，而是另一个景区。

借位摄影还可以勉强说是撞了创意，但是怎么可能那么巧都是小朋友的视角，这个城市怎么会有那么多的丁耳朵？很明显，他们的创意被抄了，而制作方赫然写着分智。

林续不知道方案是怎么泄露的，他的脑海中浮现了赵余狡诈的样子，又想起了当年被他欺骗的事情，回家的路上每一步都走得很沉重。

林续倒在床上，看着天花板，想到了很多事情。

这个月的公司团建本来还挺有意思的，是真人 CS，林续和几个喜欢玩射击游戏的同事都摩拳擦掌准备大战一场。但是一切在遇到分智的人以后就不一样了，他们竟然也选择在这天搞真人 CS 进行团建。

当刘西看到他们立马拍了拍脑袋说有了一个决定的时候，林续就猜到他想干什么了，但是没有办法阻止他。

两个公司在背地里针锋相对了那么久，刘西当然不会放过在这里对战一场的机会。

"真人 CS 虽然是游戏，打在身上还是有点疼的哦。"赵余提醒林续他们，顺便激怒刘西。

"那你们可要准备好跌打药了。"刘西恶狠狠地回答说，"我用红白机玩《魂斗罗》的时候，你们都还没出生呢。"

林续他们第一次玩这个游戏，在游戏开始以后，林续突然反应过来赵余的这句话不仅仅是威胁，还意味着他们不是第一次玩了，林续的几个同事很快就被打得落花流水。

"我跟你们拼了！"林续听到了刘西的声音，紧接着就听到了惨烈的遗言，"你们要给我报仇啊！"

没有"你们"，林续知道只剩下自己了。他勾起了对赵余的仇恨，想到了这些年的憋屈，感觉有一股力量涌现在自己体内。他举起枪大步走出去，他要给这群浑蛋一点颜色看看，不，是很多颜色，是枪管子里彩弹的颜色。

林续当时脑海里的计划是先朝赵余头上来一枪，然后左右摆动躲过两发其他人的彩弹，顺势解决他们。

但林续不是《复仇者联盟》里的快银，实际发生的是：林续一出来就被赵余领着四五个人一起围攻，浑身都是弹痕。

刘西当时很生气："你们什么时候能争点气赢一次分智！"

林续和同事们面面相觑，无法回答咆哮的刘西。

赵余临走的时候跟林续说："真不好意思，都说上次是给你上的最后一堂课，没想到今天又上了一堂，不过你不用担心，依然是免费教学。"

林续想起了岛上发生的一切，这一份美好的回忆不该被这样的事情污染，他也不希望大家的努力付诸东流，他真的很想赢分智一次。

他从床上起来，去敲开隔壁的门，把报纸递给丁尔夕："现在只有你能帮我了。"

丁尔夕把林续带到这个城市有名的艺术家聚集区，自己妹妹也算参与了这个项目，被另一个小女孩所替代让她气愤得不行，所以只要能帮到林续，

第十四话 ▶ 喝酒以后

她当然义不容辞。

丁明开门看到丁尔夕和林续的时候吃了一惊,他紧张地四处张望,没看到丁耳朵。

"不用找了,耳朵没跟我们一起。"丁尔夕知道丁明找什么,"我们可以进去吗?"

"当然可以……"丁明很紧张,以至于明明满心欢喜却只条件反射地说出一句礼貌性的回答。

这是林续第一次进到画家的工作室,虽然手头上有重要的事情,却依然像只好奇的猫一样四处张望。

"不会是耳朵出什么事了吧?"

"没有没有,叔叔,是我有事找你。"林续赶忙打消丁明的疑虑。

"那是你们要结婚了?"

"什么啊!"丁尔夕被吓了一跳,差点撞倒丁明的画架。

"不是不是!"林续的脸瞬间变得通红,在这个几乎拥有所有颜色的画室里,这一抹红应该也是独特的。

"那个……叔叔你二十多年前是不是在天喜岛待过一阵子?我想请你帮个忙。"林续憋着红脸快速说出目的,不然事情的走向真的就无法控制了。

"天喜岛……你们是怎么知道的?"丁明像是被按到回忆的开关,他看了看丁尔夕,说道,"我和她们妈妈在那里有过一段愉快的时光。"

"那你是不是在那里画了几幅关于夕阳的画?它们还在吗?能让我拍照发条微博吗?"林续简单地给丁明讲明了发生了什么和此行的目的。

别说是这么简单的事情，就算是让他重新画一次，他应该也不会拒绝女儿的男朋友，他太想为两个女儿做些什么。

"有两幅卖了，那时候钱用光了，岛长收留我们，说想住多久都行，就送了他一幅，这里还有两幅。"丁明的话说得很慢，他看着自己曾经画过的夕阳忍不住再次感叹，"那里的夕阳，一定是从上帝的调色盘里偷了颜色。"

"真的像画里的那么美吗，你们那个时候看到的夕阳？"林续拍下照片，不禁再次感叹。

"可能还有一些原因。"

"是什么原因呢？"

"你们一起去看的时候，就会懂的。"丁明没有直接给出答案。

离开的时候，丁尔夕转头告诉丁明："耳朵知道妈妈也在那里待过以后，玩得很开心。"

"真的吗，要是耳朵愿意，我们几个有空一起去玩吧，自从上次以后我就再也没有去过了。"丁明脱口而出。

"走了。"丁尔夕没有回答丁明的话，丁明也心知肚明，这是一件很难的事情。

丁尔夕回到家的时候就觉得家里有不一样的气味。

"你有没有闻到什么奇怪的味道？"丁尔夕问丁耳朵，"像是……小动物身上的味道……"

"什么小动物？哪有小动物？"丁耳朵故作镇定地看着厨房的方向。

第十四话 ▶ 喝酒以后

丁耳朵只是知道她的姐姐是个心理医生，但是从来不知道心理医生都知道什么，比如知道一个人心虚的时候，往往会看向和在意的东西相反的方向。

但是丁尔夕还犯不着对妹妹用上专业知识。

"喵呜——喵呜——"沙发角落的几声猫叫直接给了她答案，丁尔夕脸色一变，循声就要向沙发走去。

"你去找那个人了！"丁耳朵突然挡在丁尔夕面前，"你答应过我不会和他有联系的！"

丁尔夕很惊讶于她是怎么知道的，总不能自己身上有画室的味道吧。

"对不起，是林续他……"丁尔夕慌张地想跟丁耳朵解释，她破坏了她们之间的约定，她知道这对丁耳朵来说是一件很严重的事情。

"你让猫留下来我就不生你气。"丁耳朵打断丁尔夕的话。

丁尔夕多虑了，丁耳朵完全不想知道原因，她想了很久怎么说服姐姐让她留住这只猫，现在只是抓住了一个机会。

"喵呜——喵呜——"角落的猫继续强调自己的存在。

"它的声音怎么好像有点痛苦？"丁尔夕绕过丁耳朵向沙发走去，终于看到了那个声音的主人——一只脚上缠着白布的小猫。

"它的脚怎么受伤了？"丁尔夕心疼地问。

"我也不知道，在公园里看到它受伤了就把它抱回来了。"丁耳朵坦白。

"这样不行的，我们把它送去宠物医院处理一下。"

"所以你是答应留下它了吗？"丁耳朵眼睛发光地看着姐姐。

"不然还能让它去哪里呢？"丁尔夕笑了笑，就抱起它准备出门。

"你换件衣服吧,你的衣服沾到画室的颜料了。"丁耳朵提醒她。

原来是这样……丁尔夕恍然大悟,之前好像的确碰到了一幅没干的油画,与此同时,电视里的柯南说出了那句经典台词:"真相只有一个!"

林续给陈见鹿打电话,希望她把所有在岛上拍到的夕阳的照片都发过来。

电话接通以后却只听到陈见鹿的啜泣声。

"怎么了你,不要哭,被抄袭多正常的事,现在还可以挽救的。"

"师父,我……我前几天带着电脑去 KTV 加班了……还喝醉了……一定是那个时候被人看到我们的方案了……"陈见鹿有点泣不成声。

"你也太拼了吧,带着电脑去 KTV 加班?"

"这是重点吗?"陈见鹿哭得更委屈了。

"对对对,说正事,你是和分智的人一起去 KTV 的?"

"我问了我朋友,是有一个是分智的,肯定是他干的,没错了……"

"他们怎么又来了……不哭了,我们来让他们付出代价。"

"还……还能挽回吗?"陈见鹿啜泣着。

其实林续心里也没底,但是他这辈子最怕的就是小孩子哭和女孩子哭,所以为了止住陈见鹿的哭声,他就像拿出一根棒棒糖想止住小孩的哭声那样安慰陈见鹿说:"不哭了不哭了,没事的没事的。"

林续打开陈见鹿发来的照片,看到一张他和丁尔夕在夕阳下依偎而坐的照片,很美好,让他定定地看了好一会儿。他想起自己问丁明看到的夕阳是

第十四话 ▶ 喝酒以后

不是和画里的一样美，丁明回答他"你们一起去看的时候，就会懂的"，林续突然就明白了，和喜欢的人在一起，看到的事物是会带上特别的色彩，丁明画里多的就是这个。

但是现在不是沉迷爱情的时候，林续打开抽屉，拿出写着"奋斗"二字的头带戴到头上，手指放到电脑键盘上快速地敲打起来。他每次要写难度很大的稿子时就会戴上这个头带，如果按照游戏里的算法，这个头带可以为他带来力量 +5，智力 +10，运气 +20 的效果。

公司每周一的早上都要开例会，林续走到会议室门口的时候，老板刘西正拍着桌子发脾气："林续为什么还不来？我觉得这次的方案就是他泄露给分智他们的，他以前是不是跟赵余来着？现在是不是想到了个好创意，作为礼物送给分智，然后准备跳槽了？"

李菲帮着林续说好话："他不会是这样的人的。应该快到了。"

陈见鹿紧张地直哆嗦，她不知道林续昨天说的还能挽回是什么意思，她不知道如果责任放到自己身上，是不是就要卷铺盖回家了。不过她最担心的倒不是自己没了工作，而是不能继续做林续的徒弟。

林续推开门走进去，所有的目光都集聚到他的脸上。

他不好意思地赶快跑到自己的座位上，说："对不起，加班到早上六点，睡过头了。"

刘西的气没有消："加什么班？加班能把我们被偷的东西拿回来吗？"

林续打开笔记本电脑："还真的拿回来了。"

大家看到，林续熬夜完成的广告软文《这是我见过的最美的夕阳》，发在天喜岛的官方微博上几个小时已经获得了一万多转发，而且数字还在不断提高。

"'最美的夕阳'这个主题本来是想做第二阶段的宣传，现在情况紧张，就先拿出来用了。"林续跟大家解释，"还有个好消息，天喜岛的这个官方微博，我们之前就已经把相关的东西都发在上面，但是由于没什么粉丝，完全没人知道。现在夕阳火了，大家顺势看到了之前的微博，知道了我们才是这个系列的原创，已经有人在主动帮我们声讨分智了。"

"太好了！"说话的是陈见鹿，自己好不容易完成的方案重获新生，她控制不住地开心。

"散会吧。查出东西是怎么泄露出去的。"刘西很明显已经消气了，甚至还有一些欣喜，又叫住李菲，"你去查下微博怎么买水军，我们去给声讨分智的网友加把火。"一股"之前的仇不是不报，时候未到"的气势。刘西摸了摸胸口，仿佛那天在玩真人CS的时候被彩弹枪打到的伤痛遗留到了现在，而他要把子弹一颗颗还回去。

大家都收拾好东西走出会议室，很快就只剩下林续和陈见鹿，林续拍拍陈见鹿的肩膀："放心吧，我不会跟别人说起的。而且不一定是你泄露的。"

这话虽然没有让陈见鹿心里的大石头立即落地，但是让她瞬间没有那么难受了。

林续坐回自己的座位松了口气，拿起手机给马前发了条信息："谢了，我的网红兄弟，你的转发助力真大。"

第十四话 ▶ 喝酒以后

马前:"真有诚意谢我,就来陪我打游戏,我又发现了个刺激的新游戏。"
林续回他说:"我刚经历的一切可比游戏刺激多了呀。"

第十五话 ▶▶ 泼咖啡

陈见鹿没忘了找偷她东西的人算账，尽管思晴强调认识田磊几年了，不觉得他会做这样的事情。

但不是他，还能是谁。

思晴告诉她：真不想帮你约人家出来让你骂。反正他每天中午都会在一家咖啡厅待着，我把地址发你，你可以去找他当面对质。

对质就对质。

陈见鹿走进那家咖啡厅，远远就看到田磊在角落一个人坐着，由于那天醉得不省人事，她仔细辨认了一下才确认。

陈见鹿走到他面前，把他的咖啡抢过来，使劲敲在桌子上。

田磊抬头看她，脸色从惊吓变成惊喜："你是……你是那晚上一起唱K的……好巧啊，你也来喝咖啡吗？"

陈见鹿保持怒气："你是分智的没错吧？"

"对啊，怎么了？"

陈见鹿偷偷把手指放到咖啡里，确定了是冰咖啡，一把泼到田磊脸上："看

第十五话 ▶ 泼咖啡

你人模人样的,怎么能偷人家东西?"

田磊条件反射地弹起身来:"你干什么?我们是不是有什么误会?"

陈见鹿不依不饶:"没有误会,你们分智新发的那个广告创意是抄袭我们的,你敢说和你没有关系吗?"

了解了陈见鹿泼自己的原因,田磊露出"原来如此"的神情,用纸巾擦着衣服:"你为什么觉得和我有关系,就因为我们那晚上一起唱歌吗?"

"你是分智的,那晚上我又喝醉了,这事情很难想吗?"

陈见鹿的语气不容辩驳,仿佛这两个条件可以牵连所有不好的事情。

田磊笑了:"可是我根本没有机会偷你的东西。"

陈见鹿:"为什么?"

田磊:"因为那天晚上,你哪怕喝醉了,也一直抱着你的笔记本电脑。别人让你放下喝酒,你就说,我想想你是怎么说的……'不行,里面有我和师父一起努力的很重要的东西。'原来那个东西就是你的方案啊。"

田磊说的这些,陈见鹿一点记忆都没有,陈见鹿很少喝酒,更没醉过,这算是第一次知道自己喝醉的样子,听起来——很蠢。

陈见鹿不太相信一个偷她东西的人可以这样淡定,她再次问道:"真不是你干的?"

田磊坐下,把浸成深色的纸巾团放在桌面上:"要不我帮你调查一下那个广告怎么来的,以证清白?"

陈见鹿不相信:"你们可是同一个公司的!你怎么可能这么做?"

田磊说:"可能是因为……我生平最恨抄袭了。而且你们都已经证据确凿了,我只是帮你调查广告是怎么来的,并没有做什么我作为一个员工不该做的事情。"

田磊还有一个事情没有告诉陈见鹿——那个晚上,他看了很久这个紧紧抱着笔记本电脑唱情歌跳尬舞的女孩子,觉得她很可爱,一直想着找机会认识她,结果一直等到她醉过去被思晴送回家都没搭上话。没想到今天她竟然主动找上门来了,虽然上门的原因和他想的不太一样。

"那你的衣服……"要是真的不是他干的,陈见鹿可就太尴尬了。

"衣服没事啦,就是可惜了这杯咖啡,真是可惜啊……"田磊看着眼前空空的咖啡杯,摇了摇头。

陈见鹿赶忙去给他又点了杯冰拿铁,心想着田磊对咖啡的这点执念倒是有点像她师父。

"不坐坐啦?"田磊看她付了钱就要走。

"要真不是你干的,我再给你好好赔罪。"陈见鹿像只小鹿一样逃跑似的离开。

有个微博叫"广告圈的那些事",平时都是发一些广告案例,今天因为一个匿名投稿上了热门,投稿的配图正是陈见鹿泼田磊。因为这个微博的很多关注者都是广告人,所以大家在评论里激烈地讨论现在广告行业的各种恶性竞争。

各种广告公司的群里也在疯传这张照片。既然是广告公司的群,当然不单单发原版照片,文案和设计师们都发挥所长,表情包、配文和改图层出不穷。

第十五话 ▶ 泼咖啡

陈见鹿看到微信消息蜂拥而至，索性把手机扔在一旁。

她把头塞进被子里，推门而进的妈妈好奇地问她："小鸵鸟咋了这是，失恋啦？怎么都还没把男朋友带回家就失恋了？"

陈见鹿从小就这样，想逃避世界的时候就会把头钻进被子里，妈妈就一直管她叫作小鸵鸟。

"失恋是上星期的事情了。失恋都没那么惨！"陈见鹿不想因为这种事情成为一个网红。

"你最近怎么发生那么多事情都不告诉妈妈呀？"

妈妈在陈见鹿的床边坐下来，拍拍她的背："妈妈啊，真是希望你早日遇到疼爱你的人，这样你受了委屈的时候就不用把头钻进被子里了，而是可以钻进他的怀里。"

陈见鹿从被子里钻出来，看着妈妈，然后钻进了妈妈的怀里，全世界最疼爱她的人的怀里。

第十六话 ▶▶ 不一样的"见家长"

丁尔夕爸爸的画拯救了林续，林续想登门感谢他，同时和他商量能不能把之前的两幅夕阳画拿出来展览，作为天喜岛接下来的宣传活动的一部分，这对于天喜岛和丁明是一件双赢的事情。

去到丁明的画室，丁明已经在门口等着，看他来了就招呼他上车："一起去吧。"

林续不知道丁明要带他去哪里，中途他们还停车买了束花，这是要去约会吗？林续立即觉得自己很多余。

"叔叔，要是你去见朋友，我就不打扰了吧，我找你就是想感谢你上次的事。"林续对丁明说。

"没事，这个人你也认识。"丁明的话没有回旋的余地，林续只能乖乖地任凭处置。

当他们来到郊区的一个公墓，林续才明白丁明说的"你也认识"是什么意思，这是来看丁尔夕的妈妈了。

"尔夕的男朋友来看你了。"丁明把花放到墓碑前。

第十六话 ▶ 不一样的"见家长"

"阿姨……你好。"林续的声音有点哆嗦。

"我当年见家长的时候也像你这么紧张,话都说不利索,她的爸爸妈妈还以为我是结巴,当时就有点失望。"丁明看到林续的反应,笑了笑。

网上有很多第一次见家长要带什么见面礼、注意什么事项之类的帖子,但是肯定没有一篇帖子是关于在墓地见家长的。而且林续紧张的原因在于他只是个挂名男朋友,在这里就算欺骗鬼神了,他怕遭报应。于是林续拜了拜墓碑,在心中念念有词:阿姨,我不是有意骗您的,是尔夕要我配合的,并且我真的很喜欢您的女儿。

原来一个人紧张的时候,连在心里说话都会语无伦次。

"那个,你能不能到车里等我,我想和她说说话。"丁明对林续说。

"当然可以,你们多聊会儿。"林续的声音里还是带着哆嗦。

等到丁明回到车里的时候,林续看了看时间,已经过去了一个小时。

"不好意思,耽误你时间了吧。"丁明启动车子。

"没有没有,我今天也没什么事。"

林续觉得和墓碑聊天的意义是不一样的,在他看来,和墓碑聊天一分钟相当于和活人聊天一个小时。丁明和墓碑说了一小时的话,在林续看来,他们的感情一定很深。

"尔夕有没有告诉过你,耳朵为什么那么恨我?"回去的路上,丁明问林续。

林续不能表现得很了解他们家事的样子,但是作为丁尔夕挂名的男朋友,说是什么都不知道也不合理，于是他模糊地回答："尔夕就跟我说过几句，耳朵还小，不懂大人世界的复杂。"

"其实也没多复杂，作为一个父亲，弄成这样的后果就应该让她恨，只是我现在想挽回，拼尽全力地挽回。"丁明的语气中带着懊悔和坚定。

"她们两姐妹的年龄相差十五岁，她们妈妈怀上耳朵是个意外，那个时候她已经快四十岁了，算是高龄产妇，我担心她的身体，和她为了生不生吵了好久的架，但是她妈妈的性格和耳朵很像，很倔。"

"幸好后来母女平安了。"林续和丁明说的每句话都经过斟酌，他觉得这句话可以说。

"但是这也是她躁郁症加重的原因吧。后来我们老吵架，我就老躲在画室不想见人，直到离婚，直到发生后来的事情。我真是个不称职的丈夫和爸爸啊。"

林续依然不知道说什么，只能继续听丁明说，其实丁明也只是想和他说说话，没指望得到他的什么回应。

"所以我一定要让耳朵重新接受我，这是我这辈子最大的心愿了，应该也是她们妈妈的遗愿。她以前还挺喜欢画画的，因为讨厌我，就不画了，这也是我一个痛心的地方。"

"这个……其实我上次还看到耳朵画画了呢。"

丁明有些不相信。"如果你是为了哄我开心，大可不必。"

"真的，而且是画我脸上。"林续和丁明说起搬家那天发生的事情，丁明听着听着就笑了，不知道是因为听到自己的女儿真的有在画画，还是笑林

第十六话 ▶ 不一样的"见家长"

续的出糗。在林续看来,这完全不重要,重要的是车厢里的气氛变得舒服一点了,离到家还有一段路呢……

丁耳朵的童话之八：会长猫的树

森林里有一棵大树，它和别的树很不一样，因为它能长出猫来。

在刚开始的时候，大树结猫的速度赶不上树下等猫的人，每天都有人在树下等猫落到他们怀里。

直到小黑猫长出来。

小黑猫是大树开始结猫以来长在最高处的猫，也是大树结了最久的猫，这倒不是大树的问题，因为小黑猫一直紧紧地抱着树干。

大树对它说："你不要怕，虽然看起来有点高，但是猫的脚上有软软的垫子，这个高度跳下去没问题的。"

小黑猫还是不愿意跳下去。

大树对它说:"就很自然地跳下去,不用像树叶一样在空中做几个高难度的动作。"

小黑猫还是不愿意松手。

但是小黑猫终究没有等到一个人,那天晚上下了挺大的雨,一道闪电劈下,小黑猫被吓得松了手,虽然猫的脚垫子真的很好,但是小黑猫是被吓掉的,没有很稳地站在地上,它把脚给扭伤了。

"你好,你愿意跟我回家吗?"小黑猫听到这个声音的时候,已经雨过天晴,它隐约想起自己昨晚在一个树洞里躲雨,不知不觉就睡着了。它一时间不知道这是在做梦还是真的。它晃了晃脑袋,确定自己不是在梦里。

"你愿意跟我回家吗?你的脚受伤了?"那个声音的主人——一个小女孩继续问它。

小黑猫站起身来,开始爬身边的树,虽然有一只脚很痛,它还是爬到了比小女孩高一点的地方。

"你都受伤了怎么还爬树呀,快下来。"小女孩担心地朝它伸手。

它往小女孩的手上跳去,原来落到一个人的怀里是这种感觉呀,虽然迟了一点,但它一点都没觉得难受。"喵——"它想在这双手里继续好好地睡一觉。

第十七话 ▶▶ 奇怪的走向

陈见鹿进到公司的时候,发现所有人都盯着她看。

大家之前就觉得她和林续有猫腻,现在又为了林续出头,去泼人咖啡,这不是爱情是什么呢?

此时此刻,只要有个人带头鼓掌,陈见鹿肯定就会像个英雄一样,走过一条掌声雷动的道路。

"刘总叫你。"李菲告诉陈见鹿。

完了,要出事了,陈见鹿战战兢兢地走进刘西的办公室。

"干得好呀,小鹿!"刘西却是笑脸盈盈。

"啊?"陈见鹿有点蒙。

"你泼分智的人咖啡这件事。"刘西说。

"这……哪里好了……虽然我们都讨厌分智的人,但也不能说这是好的吧……"陈见鹿在心里嘀咕,"还可能泼错了呢。"

"你做的这事微博都在传,连带着大家去扒了你泼他的原因,就把我们公司被抄袭的事情闹大了,泼得好呀!"刘总眉飞色舞地说了一大通,激动

第十七话 ▶ 奇怪的走向

的时候甚至说道："要是知道你要做这个事情，我就叫个摄影师配合你了。"

"路人拍的比较真实可信。"陈见鹿附和过去。

"有道理有道理！还是你经验丰富。"刘西显得更高兴了，"好好干，多泼几次咖啡！"

"经验丰富"是什么？"多泼几次"是怎么回事？得到了表扬却不怎么高兴的陈见鹿低着头走出办公室。

就在昨天，陈见鹿喜欢的一个女明星在微博直接嘲讽另一个女明星，引发转发无数，而评论也分为支持她的、骂她炒作的两派，因为她的一部新电影快上映了。

有舆论就会有热度，有热度就能带动背后的利益，陈见鹿没想到自己阴错阳差地体会了一把其中的链条关系。

"刘总找你干什么呢？"林续看陈见鹿一个人在阅读室发呆，坐到她旁边的沙发上。

"夸我咖啡泼得好。"陈见鹿一脸无奈。

"从技术角度来说是泼得还行呀，看那照片，全泼到那件西服上了，一滴都没浪费呢。"林续和往常一样对陈见鹿开玩笑，却发现她没有像平时一样怒视自己或者反驳自己。

"别提咖啡的事情了，你有没有觉得刘总的眉毛一定是小时候上过舞蹈培训班的那种，一说起话来就开始跳舞。"林续压低声音问陈见鹿，还让自己的眉毛试着舞动了一下。

陈见鹿看着林续使劲摆动自己的眉毛，嘴角终于翘了翘。

"你的眉毛没有舞蹈天赋，学得一点都不像，是这样。"陈见鹿的眉毛也动起来，的确比林续好一点。

每个公司的老总在训话时嘶吼，员工都会低着头接受批评，林续和陈见鹿也不例外，但是目前看来，更大的原因是他们不敢看到刘西跳舞的眉毛，以免笑出声来。

"那个被你泼咖啡的就是和你一起唱歌的人？"林续问陈见鹿。

"但是他说不是他干的，他还说会帮我调查清楚。"

"他怎么会搬石头砸他们公司的脚？也是，被你泼了咖啡，脑子进水了。"林续想到那个画面就想笑。

"师父，我真的没心情和你开玩笑。"陈见鹿满脸愁容，"你说，要真不是他干的我可怎么办，让人家出了这么大的糗。"

陈见鹿是一个刚毕业一年不到的小姑娘，当作品被抄的时候，她被人狠狠上了一课，而田磊的举动让她在怀疑这一课是不是拖堂了，还没结束。

"我其实很羡慕你啊，陈见鹿。"林续收起开玩笑的语气，严肃起来。

"啊？"陈见鹿又蒙了一下。

"羡慕你敢爱敢恨，怀疑人家偷了自己东西就上门泼咖啡，而我当年对赵余什么都没做。"

人们习惯了把敢爱敢恨连着说，但是陈见鹿做到了敢恨，哪里有做到敢爱呢？敢爱的话还会好端端和你坐在这里吗？不过陈见鹿实在没想到，自己的一次冲动不仅没有受到惩罚，还获得了老板的表扬和林续的羡慕，让她更

第十七话 ▶ 奇怪的走向

没有想到的还在后头。

周末，陈见鹿收到微信的好友申请，备注是田磊，不用想也知道是思晴给他的微信号。

陈见鹿对田磊约她见面很忌讳："有事直接在这里说就行了吧。"

"你怕我洗清罪名以后泼回你咖啡呀？"

"我们都成了网红，我怕对大家影响不好。"

"网络上的东西，都一笑而过，没人记得谁和谁长什么样的。"

陈见鹿条件反射地想反驳"你才没人记得，我在照片里那么好看"，却发现自己只会对师父这样说话，这像是一种特权，她不想用在别人身上。

人家一个受害者都不介意，陈见鹿还能说什么呢。而且如果真不是他干的，就得当面道歉吧。

田磊约陈见鹿在一家奶茶店见面，陈见鹿想问他这次喝奶茶是不是因为对咖啡有心理阴影了，但憋住了没问，她不想主动和他有过多交流。

"那我可以开始说了吗？"田磊问陈见鹿。

"洗耳恭听。"陈见鹿回答。

"这个抄袭你们的广告，是赵余的项目组弄的，你应该知道他，之前从你们公司转过来的。"

"我当然知道他这个死胖子。"陈见鹿咬牙切齿。

自从知道赵余的劣迹，陈见鹿一点都没觉得奇怪这事又和他有关，她现在最关心的是，他们明明一路保密，怎么就被抄袭了。

田磊问她:"分智和你们公司谁的口碑比较响?"

陈见鹿不喜欢回答这种大家都心里有数的问题:"你继续说。"

田磊:"如果分智给天喜岛的宣传费用打八折,你觉得他们会不会心动?"

陈见鹿:"可是他们和我们都已经签合同了。"

田磊:"你们的合同里肯定有一条是不能让天喜岛的名誉受损,所以分智只要先把你们的创意用了,然后让天喜岛以你们的策划无力为由和你们取消合作,就能顺理成章地和他们建立合作,赵余还白捡了一个创意。这是不是一石多鸟?"

陈见鹿总算听明白了:"如果取消合作这事不顺利,赵余也会把我们的创意用在其他项目上,他怎么做都不亏。"

田磊:"但是他低估网络的威力了,他也是第一次吃那么大的亏,另一个项目也在投诉他,被我们老总骂死了。"

但是陈见鹿还是不理解:"天喜岛的岛长也很喜欢我们的创意,他不至于为了你们公司八折的费用就放弃这个想法吧,而且……岛长看起来挺憨厚热情的,不敢相信他会做出这种事情。"

但她转念想到了龙经理。要是赵余开出八折的条件,再给点回扣什么的,龙经理把他们的创意泄露给赵余真是一点不奇怪,可能还会因为自己为天喜岛争取到了一个更好的公司而自鸣得意。

陈见鹿瞬间蔫了:"所以真不是你干的?"

田磊认真地点了点头,等着看陈见鹿如何表达歉意。

陈见鹿:"你为了调查这些不容易吧?"

第十七话 ▶ 奇怪的走向

田磊:"我没调查,老总办公室的隔音不太好,骂赵余的时候很多人都听到了。"

这时服务员送来陈见鹿的冰奶茶。

陈见鹿把冰奶茶递到田磊的面前:"你泼回我吧。"

田磊笑得有点夸张,然后把手伸向冰奶茶。

陈见鹿露出视死如归的表情看着田磊。

田磊端起奶茶喝起来,同时看了看手表:"泼我就不泼了,一部我等了很久的电影今天上映,你陪我去看吧。实不相瞒,我喜欢你,但是陪我看电影是赔罪,你不能拒绝,看完电影送你回家,你也不能拒绝,但是从明天开始,你可以拒绝我的一切追求的举动,怎么样?"

这是什么走向!

"你刚才说什么?实不相瞒什么?"陈见鹿问田磊,她怀疑自己听错了。

"我说我喜欢你。"田磊非常自然地回答,却有一种让人不觉得是在开玩笑的真诚。

陈见鹿一个哆嗦:"你神经病啊!我们就见过两次面,第二次还是泼你咖啡,你喜欢我什么?"

田磊:"这你就别管了,快喝你的奶茶,我们看电影去吧。电影院就在这附近。"

陈见鹿沉默了一会儿,心想这也不算多离谱的要求,毕竟自己有错在先,于是无奈接受。当然,在这样的气氛下她没法告诉田磊,那部电影也是她等了很久的,想约思晴但是思晴没空,她以为自己要一个人去电影院了。

"既然从明天起我就要开始拒绝你了,你能不能说说为什么喜欢我?"在走向电影院的路上,陈见鹿问田磊。

平常陈见鹿不会这么直白地提出这个问题,但是不知道为什么,经历了泼咖啡的尴尬后,陈见鹿已经有点破罐子破摔的意味,已经这样了,还能再破成什么样呢?

"你喝醉的那天,抱着电脑唱歌的样子很好笑。"田磊说。

"就这样?"

"还有你后来泼我咖啡。"

"泼你咖啡你喜欢我,受虐狂啊你?万一,我是说万一,真有人和你谈恋爱,你不会要求别人每天泼你一杯咖啡吧?"

"那也不错啊,就跟掐自己一下证明自己没有做梦那样,泼一杯咖啡证明我真的在恋爱,岂不妙哉?"

"我……你真的有病。"

"说喜欢你泼我咖啡,你知道我指的是喜欢你的敢爱敢恨。"田磊认真地说。

敢爱敢恨,又是敢爱敢恨,一天之内听到两次这个成语让陈见鹿很无语,自己到底哪里敢爱了,自己从来没把爱说出口。

陈见鹿无奈地摇了摇头。

"田磊你自己听听你的胡话,我觉得我那天喝醉了以后,第二天就醒了,而你一直到现在都还醉着……"

第十七话 ▶ 奇怪的走向

街上的行人熙熙攘攘，陈见鹿把精力都用在了消化这场突如其来的"约会"上，没有看到对面街上走过的林续和丁尔夕。

丁尔夕在这座城市出生、长大，然后去北京念大学、工作，每年就回家几天，也不怎么出门，现在走在街上，让她觉得这边像是趁她不注意一般野蛮变化着。

林续和丁尔夕刚好互补，他不是这个城市的人，来到这里读大学然后留下来工作，有点像是接力丁尔夕感受这座城市的生长。

可惜他没有很好地接力，因为他是个死宅，上次逛街还是在上一段恋爱的时候。也好理解，现在网上买东西那么方便，逛街这种事情更加成了情侣的专属活动。

"你的朋友应该都在北京吧？"林续问丁尔夕。

"我以前最好的朋友其实在这边，但是我们已经很久没联系了。"丁尔夕有点忧伤地说。

以前这里完全不是这些店铺，以前这里还没有这个喷泉，以前这个转角有家很好吃的面包店，丁尔夕一家经常来吃。当事物带上"以前"，就意味着往事已成回忆，回不去了。

他们两人出门是要给猫买一些宠物用品，走着走着，林续的烂笑话瘾又犯了："说到这个流浪猫啊，我想说个冷笑话，有一只流浪猫的名字叫'六神'，你知道为什么吗？"

"为什么？"

"因为它无主……"

"……"丁尔夕的额头上滴下一滴汗水。

"还有一只叫窦娥,你猜为什么?"

"为什么?"

"因为没有人给它做主。"

"好冷啊……"

林续等的就是这一刻,他做了一个要脱外套的动作,说:"来,把我的衣服披上。"

"你今天戏好多。"丁尔夕一脚把他踹开。

他们跟着手机地图摸索,终于找到一家宠物用品店。

店里琳琅满目的宠物用品和服务项目让林续大开眼界,尤其是价目表上"洗澡一次100"的字样。

"你说猫分不分星座啊?"林续问丁尔夕。

"怎么了?"

"要是养只处女座的猫,是不是就会自己每天主动洗澡了?多省事啊。"林续说。

"你想得美。其实猫已经是比较干净的宠物了,自己会注意卫生。"丁尔夕告诉他。

"那倒也是,不然当一个屋子乱糟糟的时候就会被称为'猫窝'而不是'狗窝'了。"

林续的妈妈经常管他的屋子叫狗窝,他怨念已久。

第十七话 ▶ 奇怪的走向

　　他们挑了个小屋子猫窝，又挑了个猫爬架，在林续的强烈要求下，猫爬架由他付款作为礼物。

　　"上次耳朵的生日我都没送礼物呢。"林续想起床上没送出去的小熊。

　　"在耳朵看来，你可是送了她特别喜欢的礼物。"

　　"那是你们爸爸送的。"

　　"她又不知道。"

　　两个人一手一个袋子就把小猫的全部家当给搬上了。"要是我搬家的时候也能这么轻松就好了。"丁尔夕笑了笑。

　　林续心想，那可不好，那我就没有机会帮你们忙、认识你们了。

　　两人走出宠物店的时候，宠物店的店长正抱着一只洗好澡的猫出来，看到丁尔夕的时候，两个人都愣了一愣。其实店长看到林续的时候，也和林续相互愣了一愣，但是林续马上转成了不认识她的眼神——没想到能再次遇到上次在酒吧差点被 PUA 的渣男欺骗的姑娘，他感觉姑娘应该不希望这件事被其他人知道。

　　"回来玩呀？"店长也当不认识林续，向丁尔夕问道。

　　"现在是回来定居了。"丁尔夕回答她，"你在这里工作吗？"

　　"这家店是我开的。"

　　"哇，你一直很喜欢小猫和小狗，但我真是没想到你会开家宠物店。我养了只猫，要是有什么问题就可以请教你了。欢迎吗？"

　　"当然欢迎。"

　　"那我们就先走了。"丁尔夕犹豫了一下，还是决定说出来，"对了，我和他分手了。"

"这样吗，真是为你们可惜。"

"有空咱俩聚聚吧，我的号码没变。"

"好呀。等一下，你买的东西拿过来给你用会员价打个折吧，以后还会来的对吧？"

"不用那么客气，下次吧。"

林续听完她们客气中带着熟悉的对话，心里有一个猜测，于是问丁尔夕："不会那么巧吧，这是以前最好的朋友？"

"对呀，是她。这个世界真好笑，东西可以打折扣，感情也可以打折扣，而且是大打折扣。"他们打了辆车回家，丁尔夕一直看着窗外没再怎么说话，像是陷入什么回忆里。

路过一个中学的时候，丁尔夕突然笑了，说："那家甜品店竟然还在。我们以前放学的时候经常进去吃东西的。"

经历了城市大变化的一天，丁尔夕终于会心一笑，原来从前的事物，也还有很多可以留存至今的呀。

"师傅停车。"林续说，"我想吃甜品。"

"蛮烂俗的故事，我和她还有前男友三个人本来是好朋友，后来我们在一起了，三个人的关系也变味了，久而久之就成了现在这样。"丁尔夕吃了一口龟苓膏，"龟苓膏、龟苓膏，如果吃了就能把故事归零，然后重新开始就好了。"

"她不会也喜欢你前男友吧？"

第十七话 ▶ 奇怪的走向

"你怎么那么八卦,当然不会啦,不过都不重要了。刚才你一转身让她愣了一下,竟然不是她以为的那个人,心里还是挺感叹的吧。"

"哈哈哈……不好意思,我让她失望了。"原来丁尔夕是因为这个才没发现他们是认识的,生活里有些误会真的有意思。

丁尔夕把龟苓膏吃得干干净净,不知道是因为太怀念从前的味道,还是希望它真的可以有"归零"的效果。

"我们还没给它起名字呢。"丁尔夕看着小猫说,而小猫在观察林续买的猫爬架。

"耳朵没有想法吗?我倒是有个想法。"丁耳朵拥有第一命名权,林续先征求她的想法。

"那你说说。"丁耳朵赋予林续提议的权力。

"叫'葫芦'吧,毕竟猫是捉摸不透的,就像那句话说的,不知道葫芦里卖的什么药。"林续说完的时候突然想到,其实丁耳朵也可以叫"葫芦"。

"不可以,葫芦听起来像'呼噜',你喜欢打呼噜。"丁耳朵气愤地揪起林续的往事。

丁尔夕在旁边笑个不停,一副看热闹不嫌事大的样子。

"要不就叫木耳吧?木耳是从树上长出来的,我记得这只猫喜欢爬树,就当给它在公园里爬树的日子一个回忆?而且和你们一样,名字里都有个'er'呢。"

丁尔夕挺满意这个名字,笑眯眯地等着丁耳朵的决定。

"那你以后就叫木耳了。"丁耳朵抱着她的猫。

木耳"喵"了一声,表示喜欢这个名字。

第十八话 ▶▶ 喜欢的事情

每个父母都会有子女继承自己职业的心愿，丁明也不例外。

他小时候努力培养丁尔夕画画的爱好，丁尔夕却老是摔画笔或者在画纸以外的地方到处乱画，长大以后再也没碰过画笔。

丁明不会逼迫女儿做不喜欢的事情，又把希望寄托在丁耳朵的身上。

丁耳朵从小就喜欢看各种各样的绘本，在丁明的殷切盼望下拿起过画笔，也没有不喜欢，但是每次都是没画几笔就跑去看动画片了。

有一次，丁明想让丁耳朵好好画画，不然不许玩其他的东西，丁耳朵哭着扑到妈妈的怀里告状。

那个时候她不知道爸爸妈妈已经在吵架，任何事都会成为引爆的导火索，两个人因为这个事情又吵了起来。

"我最讨厌画画了！"丁耳朵在爸爸妈妈的面前把画板推倒，然后捂着耳朵跑回房间。

不久就是丁明和妻子的离婚。

"你们为什么要分开，是因为我不画画吗？我以后每天都画画，不看动画片了好不好?"丁耳朵哭着问妈妈。

"这是我和你爸爸之间的问题,和你没有任何关系,耳朵。"妈妈摸着她的头说。

"你们要是分开,我就再也不画画了。"丁耳朵以为自己生气会和以前一样起作用,会得到想要的玩具、去想去的游乐园,但她发现自己错了。

丁明送走她们的时候,给丁耳朵准备了一套崭新的画具,耳朵只看了一眼就转过头去跟着妈妈上了车,这套画具至今还在丁明的画室里放着,丁明每次看到,都一声叹息。

"小孙老师,你好,丁耳朵她闯什么祸了吗?"当丁明在画室里又一次沉重叹息的时候,丁尔夕正喘着大气站在丁耳朵班主任的办公室里。

"耳朵姐姐你别紧张,先休息一下。"

丁尔夕不能不紧张,被老师叫到学校一直是她担心会发生的事情之一,其他的还有生病、早恋、受同学排挤、校园霸凌,等等,全都列出来可以写满一张纸,现在终于发生了这张纸上的其中一件事情。

"丁耳朵她用班里一个男同学作为素材,画了一些嘲笑他的漫画,在班里传了个遍,把那个男同学都弄哭了。"孙老师告诉丁尔夕发生了什么事情。

比想象的事情要小,丁尔夕心头有块大石头落下,同时感觉到不对劲。

"老师你是不是搞错了,丁耳朵她怎么可能画画呢。"丁尔夕拿过孙老师桌面上的几张图纸,试图马上找到证据证明这是一个误会。

图纸上的大概内容是一个小男孩被画上了驴耳朵,被讨厌他的人用火箭

第十八话 ▶ 喜欢的事情

送到了火星，没想到火星上的怪物也讨厌他。

如果小男孩能和谁对上号，那么丁尔夕能想象这些画让他被同学们哄笑的样子。

"这真的是丁耳朵画的？"丁尔夕又确认了一下。

"的确是她画的，而且原因我也查明了，你不需要太生她的气，她画这些画，是因为那个男同学先说的丁耳朵太讨厌了，所以妈妈才不要她。"

"那个男同学说什么！他怎么可以这么说！"丁尔夕不敢相信丁耳朵听到这话的时候有多生气，她怎么都不告诉自己这些事情？

"我跟他们两个人都分开长谈了，男同学是吵架吵不过丁耳朵，急红了眼才蹦出的这句话，你相信我，他真的很后悔，已经跟丁耳朵道过歉了。"

"可是他是怎么知道我们家里的事情的？"

"这个我也问了，丁耳朵的好朋友庄庄告诉过几个人，她的初衷是希望那几个人多多关心丁耳朵，没想到弄巧成拙了。"

丁尔夕和孙老师再三了解了所有细节，终于确定这的确只是小孩子之间过火的争吵，不存在丁尔夕最害怕的校园霸凌。

"好的，我知道了，孙老师，给你添麻烦了，我回去会找她好好谈一下。"

"我希望你装作不知道这事，因为丁耳朵那天跟我恳求了很多次不要告诉你，我算是答应了，我们成年人要给小孩子塑造言而有信的形象。其实我找你过来还有其他事情。"

"还有其他事情！"丁尔夕心头一惊，叫出声来，引来其他老师的侧目，她慌忙摆手表示歉意。

"不不不，不是坏事。我是想说，最近我们区里会有绘画比赛，我建议丁耳朵参加，她非常不愿意，我不知道背后有什么原因，就是希望你能好好劝劝她，说说参加比赛的事情。"

"可是，我连丁耳朵会画画都不知道啊，她怎么会画画呢……"丁尔夕答应孙老师回去好好劝劝她，脑子里却是一大堆问号。

丁尔夕回到家，丁耳朵还没下课回来。她在丁耳朵的房间里四处寻找，终于在一个角落发现一个本子，丁尔夕一页页地翻，发现丁耳朵真的在用漫画记录有意思的故事。

她看到一个关于树懒的漫画，她知道画的是妈妈。她看到一个可以听到别人心声的兔子，她知道说的是她。她还看到了林续，在漫画里成了一只海豚。虽然画风很粗糙、稚嫩，但是耳朵画的故事真的很有趣，丁尔夕看得津津有味，不时翘起嘴角。不过她目前最想知道的是为什么丁耳朵从来没告诉过她自己喜欢画画。

丁耳朵走到门口的时候刚好把一个甜筒吃完，她突然想起丁尔夕的叮嘱："最近不许吃冰淇淋，不然又要拉肚子。"赶忙擦了擦嘴巴才打开门，一进到家里就感觉气氛不太对，姐姐一直盯着她看，她赶忙又擦了一下嘴巴："怎么了？"

丁尔夕笑了笑："没什么，我去一下隔壁。"

丁耳朵长嘘一口气。

丁尔夕已经走到了门口，突然又回过头来指了指嘴角："没擦干净，等

第十八话 ▶ 喜欢的事情

下回来再收拾你。"

此时的林续也在收拾屋子,他打开一个旧盒子,里面是厚厚一摞自己刚入广告行业时写的东西,回忆扑面而来。

林续刚进入广告行业的时候特别有干劲,最积极的时候,他会跑到街上问一家家商铺需不需要他来写广告语,然而没有商铺理睬他,有的商铺让他写来试试,结果看到东西的时候也只是摇头。

他现在看着曾经写的这些东西,的确有些稚嫩,咬文嚼字。他掌握了更好的表达方法,却再也没了当年的激情。

林续在回忆中被敲门声唤醒,打开门是丁尔夕。

"我想给你看些东西。"丁尔夕把手机拿出来,给林续看她偷拍的丁耳朵的作品。

"画得不错啊,她为什么要偷偷这么做呢?喜欢画画是好事啊,你爸上次还说……"林续意识到说漏嘴了。

"你又见过我爸爸了?"

"嗯,我去找他商量用他的画布置一个天喜岛展览的事情。"

"他说什么了?"丁尔夕没有觉得很奇怪。

"他说两个女儿都不喜欢画画,都不喜欢他,让他很难过。"

丁尔夕能脑补出爸爸说这个话的样子。

"你有过特别喜欢的事情吗?"丁尔夕问林续。

林续看了一眼刚才整理的东西:"当然有过啊。"

"我特别害怕耳朵因为对爸爸无谓的反抗放弃画画。"丁尔夕说。

"喜欢一件事情是藏不住的，可能耳朵自己都没有意识到这一点。"林续说，"画画比赛的截止日期是什么时候？"

"一直到月底都可以提交作品。"

"我们来分析一下。你说，耳朵为什么偷偷画漫画，而且不敢参加比赛？是不是因为不想让我们发现她喜欢画画？"

"然后呢？"

"我有一个计划。"林续露出一丝微笑。

"不要卖关子。"

"我们来让耳朵意识到自己对画画是多么热爱，连她自己都没发现。"

丁耳朵此刻正在房里偷偷画画，她喜欢画漫画，所有人都希望她可以好好画画，包括她自己，但是出于一些原因，她只能藏着掖着。丁耳朵长大以后就会知道，生活有时候就是这么可笑。

田磊第二天开始给陈见鹿发微信：晚上要一起吃饭吗？（你觉得我烦的话，现在可以拉黑我了。）

陈见鹿回：我不会拉黑你的，你又不是什么变态。

田磊发来一个笑脸：那我是有机会的。

陈见鹿回：你知道我有一个喜欢的人吗？

田磊：首先我不知道，其次这不妨碍我喜欢你呀。

陈见鹿：我的意思是，你觉得只要坚持就可以让一个人喜欢自己吗？

第十八话 ▶ 喜欢的事情

田磊：我觉得有那么一点机会。

陈见鹿：谢谢你，我本来已经快要放弃了，现在还要坚持一下。

田磊：我对你的喜欢让你有了勇气继续喜欢别人？

陈见鹿：话不能这么说，我从来没有放弃喜欢别人，因为喜欢从来不是可以放弃的，就算你想放弃也无济于事。

田磊这次回复得有点慢，仿佛去检索了一下自己的人生有没有出现过这么荒唐的事情。

几分钟后，田磊的回复来了：你让我更喜欢你了。

陈见鹿这下非常确认，田磊有受虐倾向。

她给田磊发了一个表情，是网上有人用她当时泼咖啡的照片做的，上面的配文是"你清醒一点！"。

这样的情境下对田磊使用这个表情包，陈见鹿点了发送以后自己都笑了笑。

两天以后，陈见鹿收到了田磊网购的一盒玫瑰，精美盒子里娇嫩的花朵一看就是一直在温室里饱受呵护，然后完好地送到陈见鹿手上。很少有姑娘在公司里收到花，所以陈见鹿成功吸引了所有人的目光。

陈见鹿虽然被吓了一跳，犹豫要不要直接拒绝田磊，脸上却露出了掩饰不了的满足，第一次被人认真追求的满足。她看着精美的盒子出了神，想着田磊如果是亲手送上玫瑰肯定不会带盒子，而是抓着玫瑰上的刺双手奉上，这样才符合他受虐狂的本质。

陈见鹿把花摆在桌面上,鬼使神差地希望某个人可以看到。

"哟,男朋友送的?"那个人的声音传来。

"不是男朋友。"陈见鹿说。

"这花好呀。"林续拿着陈见鹿的礼物琢磨。

陈见鹿为林续的在意窃喜。

"李菲你过来看一下,这花是不是很不错?"林续几乎无视陈见鹿。

"这个花,不是想和我们合作的那个品牌吗?"李菲一眼认出来。

原来一直摆弄的原因是这样啊,不过也正常,陈见鹿觉得,自己是应该从自作多情里醒醒了。

"他们说自己在宣传这块的资金比较少,但是又很喜欢我们对天喜岛的宣传,所以来问问看。"

"那挺好的啊!我觉得吧,人家喜欢的是天喜岛,这花又送到了陈见鹿手里,这一切都是缘分啊,所以交给小鹿就好了呗。"林续缓缓道出自己的想法,让陈见鹿吓了一跳。

"等会儿开会的时候提一下。"李菲似乎表示同意。

"谢谢你的花。"陈见鹿对田磊说。

"它是在你的桌面上还是垃圾桶里?"田磊有点忐忑地问。

"不在我的桌面上,在会议室的桌面上。"陈见鹿不知如何用最简单的方式跟田磊解释发生了什么,她其实有些欣喜,有些感激田磊。但是她还是觉得自己喜欢林续,她觉得只能和田磊几个字几个字地说话,表示保持一种距离。

第十八话 ▶ 喜欢的事情

陈见鹿盯着手机屏幕发了会儿呆,默默把田磊的昵称从"敌司田磊"改成了"受虐狂"。

下大雨,丁尔夕带了伞去学校接丁耳朵。

"你怎么又盯着我看了?"公交车上,丁耳朵奇怪地问姐姐,她觉得丁尔夕最近怪怪的。

"啊?有吗?"丁尔夕赶紧转头。

她的确是盯着丁耳朵看,按照林续给出的计划,他们要一起盯住丁耳朵,发现丁耳朵热爱画画的证据。

"喜欢一件事情是藏不住的。"丁尔夕想起林续说的这句话。

这两天都没有什么收获,丁尔夕已经开始考虑直接劝丁耳朵参加比赛,在冒出这个念头几秒钟以后,丁尔夕就开始庆幸自己没有这么做。

虽然在上车前甩了一下自己的长柄伞,却依然有雨水从伞上流出来,丁耳朵正在旁若无人地用地上的水渍画画。她沉浸其中,没有察觉到公交车走走停停,没有察觉到丁尔夕用手机偷拍了她一张照片,发给林续。

"到站了!"丁尔夕望着窗外叫道,然后向门外走去。

丁耳朵立马跟上,留下座位前一只用水渍画的小猫。

丁耳朵一回到家就开心地召唤木耳,自从有了木耳,她每天都在期待打开家门的瞬间。

丁尔夕一边做饭,一边时常出来瞅一眼丁耳朵,看看有没有新的发现。

搜集到第一个证据时,她其实开心又难过,开心是因为林续说得没错,而难过是因为她和丁尔多朝夕相处了几个月,一直没有发现这一点。有很多事情要忙,她觉得自己对妹妹的爱不够。

"你是不是有什么事情瞒着我?"吃饭的时候,丁耳朵问道。

"啊?为什么这么说?"

"你最喜欢做的番茄炒蛋竟然盐放多了,你最近怪怪的。"丁耳朵说完猛喝了一口水。

"盐放多了吗?"丁尔夕马上尝了一口,立即同样猛喝了一口水,"的确有点多哦。"

"你是不是和林续谈恋爱了?"

丁尔夕一口水喷出来。

"丫头你胡说什么啊?"

"因为你最近怪怪的啊,又老往那边跑。"

"小孩子别胡说。吃饭!"丁尔夕把几片青菜夹到丁耳朵碗里。

"你们在一起呗,他挺好的。"丁耳朵说,同时看着自己的碗,没有要动筷子的意思,"这个青菜不会也放了很多盐吧?"

丁尔夕目露凶光地看着她,不知道是在气愤她一个小屁孩竟然这么轻描淡写地安排姐姐的感情,还是在气愤她不吃青菜。

横竖都是死,丁耳朵只好开始动筷子。

正当丁尔夕想着丁耳朵会不会继续为她提供证据的时候,突然眼前一黑,停电了。

第十八话 ▶ 喜欢的事情

接着就是丁耳朵的尖叫。

丁耳朵看恐怖片的时候也会尖叫，但是那种尖叫是兴奋又害怕，现在是纯纯的害怕。

是的，丁耳朵虽然喜欢看恐怖片，但是她怕黑，大概是从爸妈离婚以后开始的。

我们生命里的每件大事都会留下一个坐标，时不时地提醒你那件事情发生过，怕黑就是丁耳朵生命里的坐标。

"木耳！木耳你在哪儿？"虽然很害怕，丁耳朵的第一反应却依然是找到木耳保护它，完全无视黑夜是猫的白天，猫在黑暗里行动自如。

丁耳朵抱着木耳，丁尔夕抱着丁耳朵，打开手机上的电筒安慰她："没事的没事的。"

接着两姐妹就听到敲门声，她们在瞬间的紧张之后立即听到了让人心安的声音："是我，林续。"

"我问过了，道路施工队挖断了电缆，这边整个片区都停了。"

林续注意到了抱着丁尔夕的丁耳朵。

"什么，你怕黑呀？"林续有点不敢相信。

"不行吗？"丁耳朵怒斥。

"哈哈哈！当然可以。"林续不知道为什么会有一种报仇的快感，但是羞于是在和一个小孩子比勇气，所以极力掩饰。

林续也把自己手机的电筒打开，房间里瞬间又亮了许多，丁耳朵绷紧的神经终于放松了一些。

房间里交错的光影让林续想起了小时候的一个爱好。

"哎,我们玩手影吧。我会做小兔子。"林续说,手上随意摆弄了一下,一只活灵活现的兔子手影就出现在墙上。

"你还真会做啊。"丁尔夕有点惊讶。

"我还会做狐狸。"林续说完又做了一只狐狸。

"我这样像不像老鹰?"手影是这样一种游戏,当有个人带头的时候,所有人都会伸出手来跟着摆弄,丁尔夕也看着墙上的影子开始摆弄。

"我的小兔子要吃掉你的老鹰。"丁耳朵也加入阵营,之所以要让小兔子吃掉老鹰是因为她只会做小兔子。

"我突然想到一个故事,可能有点恐怖,耳朵敢听吗?"林续晃了晃墙上的影子。

"这里不敢听恐怖故事的只有你吧?"丁耳朵的反问让林续无言以对。

"那我就开始说了。"林续压低声音,切换到恐怖故事模式,"很久很久以前,有一个人叫丁耳朵,她能做出各种动物的手影,惟妙惟肖。有多像呢?有一天她做出了一只兔子手影,小兔子直接就跑掉了。于是丁耳朵从此成了一个双手没有影子的人。"

经过了一会儿的安静。

"好可怜啊……"丁耳朵说道。

林续有点奇怪,为什么丁耳朵的反应不是好可怕或者好无聊,而是好可怜。

"她再也不能玩自己喜欢的手影了……"丁耳朵满是同情。

原来如此……林续从丁尔夕的表情看得出她也和自己一样,没想到这

第十八话 ▶ 喜欢的事情

一点。

"那我再讲一个吧。很久很久以前,有一个人还是叫丁耳朵……"就这么说着说着,在林续用手影编了几个故事以后,丁耳朵不知不觉地睡着了。

丁尔夕把她抱到床上,和林续来到天台聊天。

"又得谢谢你了。"丁尔夕笑道。

"还客气什么,停电我也没事干啊。"林续是发自内心地没觉得麻烦。

"要是月亮也有手就好了。"林续看着天空说。

"那它就可以在地球这块幕布上做手影了,对吧?你还挺浪漫。"丁尔夕笑道。

"全宇宙最大的兔子手影诞生了!"

只要说出上一句,丁尔夕总能知道林续的下一句想说什么,这点让林续感到开心。

"你是怎么学会那么多手影的呀?"

"就小时候,有一段时间我很怕黑,那时候也是因为停电,我爸爸就点了蜡烛,像这样给我讲故事,这也算传承我爸的手影技术了,只是蜡烛已经变成了手机的灯。"林续说的那段时间,就是因为看了鬼片长达半年不敢晚上上厕所的那段时间,他隐瞒了部分信息。

林续正想着继续说什么的时候,手机响了,是妈妈的来电。他先紧张地看了下现在的时间,发现没到十一点,神情才缓和下来。

十一点是爸妈习惯睡觉的时间,以十一点为分界线,之前打来的电话就是唠家常,之后打来的电话可能就是出什么事了。出门在外,最担心的就是家里深夜打来电话。

"妈,还没睡呢?"

"续,睡觉之前突然就想问你,和隔壁的姑娘怎么样啦?"

"你还是操心下自己吧。"

"你得加把劲。你和你爸一个性格,不喜欢主动,当年要不是我主动一点,经常叫他来我家里帮忙,就没你了。你想想我在那个年代对一个男的主动多不容易啊,你怎么就没遗传我这点?你二姨又想给你介绍对象了,被我拦下来,她就说你其实就是编了不存在的人应付我们,上次我也的确没看到有人回来,你二姨不会说中了吧……"

"想太多不利于睡个好觉的,快睡觉吧。"林续赶忙挂了电话,他知道妈妈这个闸口一开,就可以一直说下去。

但是什么时候跟丁尔夕告白,林续也没个准数。

他曾经和马前说过这个疑惑,因为马前知道他三年前的那段感情。

分手的时候,前女友和他约好半年内不能和别人谈恋爱,不然她会觉得对不起这段感情。

林续不奇怪前女友会这么说,她总是有各种各样的要求也是他们最后分开的原因之一。

这个要求很无礼,没想到林续还是超额完成任务,因为他三年过去都没有再遇到喜欢的人。

"丁尔夕上次也说刚失恋不久,还没有重新开始一段感情的动力,我是

第十八话 ▶ 喜欢的事情

不是应该像前女友说的那样,半年后再和丁尔夕表白?"林续问马前。

"真的是这样吗?你为什么要受三年前的感情影响呢?你再问问自己究竟是因为什么。"

因为……现在每天都能见面,一起经历了这么多事情,林续感觉已经和丁尔夕在一起很久了,如果被拒绝,他们之间的关系就会变化,他不想承受那个变化,这才是真正的原因。

林续抬头,看到今晚的月亮格外美丽,因为少有的停电使得没有灯光抢夺月亮的光辉,还因为身边有喜欢的人。

第十九话 ▶▶ 各有秘密

城市书房是这座城市的文艺青年最爱光顾的书店，周末会二十四小时营业，"用阅读点亮城市的夜晚"，但是林续不喜欢这个噱头，真正喜欢阅读的人不会在乎一家书店半夜的时候是不是还在开放。

走进书店就能看到一排张贴在墙上的宣传海报，它们被做成张开的书本的样子，写着人和阅读的关系，经常有文艺青年会和这些文字合影，但是没人知道它们是林续写的。

这算是林续从事广告行业以后最好的作品，不然城市书房也不会一直用到现在。这件事情让他挺长一段时间都没有进过城市书房，他不想随便一瞥、一个抬头都能看到那些明明是自己的却又不属于自己的文字。现在这种不适感已经完全消失，可好几年了也没写出更好的作品，林续其实觉得挺羞耻的。

林续喜欢偶尔到书店逛逛，这本书翻翻，那本书翻翻，就像是进行一场约会一样，时间总是很快过去，他喜欢这种时间被偷走的感觉。

今天在城市书房的时候，林续又看到两个小文艺青年专门和他的文字合影，不由得在心里窃笑。他想快步走过去，却突然停了下来，因为他转头一

第十九话 ▶ 各有秘密

瞥的时候,分明看到每张海报都多了点东西。他不顾两个小文青还在折腾自拍的角度,径直走到他们身边,擦了擦自己的眼睛。他没有看错,每张海报的文字末尾,都被人用签字笔加了一个"——林续"。

竟然有人用水性笔给这些文字署了名。

"你这算毁坏公物了吧,被抓到要赔偿的!"林续走到一个没人的角落给陈见鹿打电话,除了她还能有谁。

"你终于发现了啊,原来我做了那么多事情,也有一两件是会让你发现的。"陈见鹿淡淡地回答他。

"你说话怎么怪怪的?"

"没什么,我给花店写的宣传片准备试播了,到时我有话跟你说。"

"你没事吧,陈见鹿?"

"没事呀,到时说吧。"

林续不知道陈见鹿怎么了,但他知道,越是轻描淡写地说"没事",越是有事。

走出城市书房的时候,林续看到商场里正在为《名侦探柯南》的剧场版做宣传,一个柯南的人偶站在宣传海报前摇摇晃晃地招揽观众。林续看了看手表,好像丁耳朵看的就是这个时间的电影,一抬头丁耳朵就出现在他的视线里。

丁耳朵和她的好朋友庄庄一起来看电影,电影票是丁明买了让林续转送的,之前他还让林续转交过好吃的蛋挞,要排队几个小时才能买到的玩偶,去日本旅游的朋友代购回来的柯南主题的背包……林续觉得自己就像个父爱的中转站。

丁耳朵没有看到林续，因为她的眼里只有柯南的人偶和旁边的大幅宣传海报。丁耳朵和人偶打招呼，人偶配合地向她做出一个拥抱的动作，她开心得跳了起来，扑到柯南的身上："你知道吗，我看过你所有的案件！"

这一切都被林续拍了下来，发给丁尔夕：那个人偶是柯南的身体里住着人，丁耳朵是身体里住着柯南，这真是一个有意义的拥抱。

丁尔夕回他：我觉得是时候和她摊牌了。

丁耳朵开开心心地看完了电影，出门和柯南玩偶挥手拜拜，一回到家就看到姐姐和林续等着她。

丁尔夕看了看丁耳朵直接开始："你们老师都跟我说了。"

丁耳朵不解又慌张："说什么了？"

丁尔夕："说你画画很好，但是不愿意参加画画比赛，为什么？"

"因为……因为我不喜欢画画啊。"原来不是把男同学弄哭的事情，丁耳朵松了口气，又紧张起来。

林续突然开始播放柯南的经典 BGM，这段 BGM 一般在破案的时候响起，加上刚从电影院回来，丁耳朵再熟悉不过。

丁尔夕怒视了林续一眼，用眼神问他："你有点夸张了吧？"

林续用眼神回答丁尔夕："这不是挺好玩的。"

第十九话 ▶ 各有秘密

丁尔夕只好继续说:"你不是不喜欢画画,而是太喜欢画画。"

丁耳朵一头雾水,不知道这两个人在玩什么花样。

林续按下电视遥控器,电视上出现林续手机里照片的投影,第一张是丁耳朵在公交车上画画的照片,第二张是丁耳朵定定看着路边涂鸦的样子,第三张是丁耳朵在天喜岛的时候在沙滩上画画的样子——这张照片是林续后来翻照片翻出来的,他当时想拍的其实是海滩,不经意地把丁耳朵也拍了进去。

丁耳朵很生气:"你们为什么偷拍我,而且这就能证明我喜欢画画了?"

林续说:"还有,你经常去一家画室,是因为那里经常有画画的讲座。"

林续有一天路过上次丁耳朵弄坏画的画廊,看到有人在教画画,才明白丁耳朵不单单是为了守住妈妈的画。

看丁耳朵依然不为所动,丁尔夕说:"你想要更多的证据是吗?如果我猜得没错的话,你书包里的书上,一定画了很多的小画。"

丁尔夕做出要开书包的动作。

"不要开!"丁耳朵有些激动,马上冲过去抢回自己的书包,紧紧抱住,"你们做这么多事是要干什么呀?"

"希望你开心呀。"丁尔夕说。

"我现在很生气,一点都不开心!"丁耳朵怒斥姐姐,委屈地哭了起来。

林续走到丁耳朵身边摸了摸她的头:"耳朵,你还记得那天我们玩手影吗?你说小兔子从此以后不能玩手影了,好可怜。我们希望你好好地画画,做自己喜欢的事情,不要变成没有手影的小兔子,好不好?"

林续和丁尔夕做了这么多,都比不上这句话对丁耳朵的触动大,丁耳朵没想到林续竟然可以用她自己说过的话来说服她。无论是小孩还是大人，在知道有人真的理解自己的时候，再厚的防备也会瞬间崩溃。

丁耳朵沉默了一会儿，终于开口："我报名参加比赛就可以了是吧？"

丁尔夕也过去摸了摸丁耳朵的头："我们是希望你坦诚面对自己喜欢的事情，参不参加比赛都可以。"

"别摸我的头了，我又不是小猫。"丁耳朵被他们说服了，最后怯怯地问道，"那我……这算背叛了妈妈吗？"

丁尔夕抱着丁耳朵："相信我，妈妈看到你画画，会比任何人都开心。"

每个人都有自己的秘密，电影院的下班时间到了，值班经理对柯南人偶说："辛苦你了，下班吧。"

人偶脱下头套，是丁明疲惫的面庞。

丁明看电影《素媛》的时候看得青筋暴起、泪流满面，这是一部关于还在上小学的女儿被性侵的电影，爸爸为了保护她，每天钻在玩偶里面陪她上学。丁明不知道这事如果放自己身上会怎么样，他只知道谁敢伤害他的女儿，他就和他拼命。父爱在这个世界上有时候是相通的，电影里的爸爸为了女儿钻进玩偶，而丁明也想到，丁耳朵这么讨厌他，他是不是也可以躲进一个玩偶里面，离她近一点？

那天他看到影院有招聘柯南人偶兼职的消息，想着丁耳朵那么喜欢柯南，就想尝试一下。其实丁明尝试过很多次让丁耳朵重新接纳自己的事情，都失败了，这些他都没跟别人说过，所以多一次尝试也没什么。

第十九话 ▶ 各有秘密

电影院的经理刚开始还嫌他年纪大,不予考虑。结果他说只收一半的钱,这一点虽然让经理很不解,但经理还是给了他这份工作。

当丁耳朵时隔三年再次抱向自己的时候,他隔着厚厚的玩偶服,眼泪不由自主地流了下来。

晚上睡觉前,丁耳朵从书包里拿出一本画册,这是她不想让别人看到的珍宝。和房间里被姐姐看到的那本关于小故事的画册不一样,这一本她会一直放在书包里,上面的第一页写着:妈妈,我怕你离开得太久我会忘了我们一起生活的日子,所以我用这本画册把那些记忆画下来。

丁耳朵一页页地翻,每一页都是她对妈妈的记录,而册子的褶皱记录着她翻了这本册子多少遍。"妈妈,我好想你。"丁耳朵抱着画册渐渐睡着,她知道今晚又能梦到妈妈了。

陈见鹿在给花店的宣传片写脚本的时候突然理解了林续,林续说自己很喜欢书店,所以能写出让城市书房接受的文案。陈见鹿想给花店写一个暗恋的故事,写得也是如鱼得水。

什么写文案,都是在写自己。

广告片拍出来那天,全公司都参加了试映会。

这是一个关于女主角暗恋男主角并且最终在一起的故事,故事里的女主角喜欢根据自己不同的心情到花店买花,故事的最后,她终于收到了最喜欢的花——男主角送的。

向日葵是沉默的爱，紫罗兰是爱的羁绊、不变的美……陈见鹿把暗恋者的小心思和各种花语结合得很好，花店表示很满意。

带头鼓掌以后，刘西有点兴奋地总结道："面试的那天，陈见鹿还是个广告小白，但我一眼就看出她的潜力，你们看看，人家现在已经完成两个不错的案子了，说明我的眼光还是很好的，说明我平时的鼓励还是很有用的，说明我们公司对新人的培养是很有一套的嘛！大家都好好干，公司不会亏待你们的。"

林续和李菲有默契地一起噘起嘴，翻了个白眼，陈见鹿来面试那天，刘西根本不在。

开完试映会已经过了下班时间，大家都陆续离开，会议室里只剩下林续和陈见鹿。

"这次做得真好。"林续笑着说，"上次你说有事找我？"

"全都是写给你的，你不知道吧，我喜欢你很久了。"这句话在陈见鹿的心里、喉咙里、脑海里百转千回，终于说出来以后，陈见鹿感到舒服又畅快。

"你……什么我？你是写这个脚本太投入还没出来吗？"林续和平时一样嬉皮笑脸，或者说，这是他拒绝陈见鹿的方式。

"我知道你有喜欢的人了，只是我不说出来会浑身不舒服。你走吧，我从今天现在开始不喜欢你了。"陈见鹿咬着牙齿说。

"你喜欢我什么啊，明明就知道损你。"

"你别说了。"

"你看这也挺晚了，我送你回去吧，怎么说我也是你师父。看你这两个

第十九话 ▶ 各有秘密

案子做得那么漂亮，以后不敢自称你师父了。"

陈见鹿知道他会这样，于是拨通了田磊的电话："喂，有空吗，来我公司接下我好不好？"

林续知道自己可以放心离开了，也必须离开。

陈见鹿看到林续已经离开，把手机从耳边放下。她对林续耍诈，没有真的给田磊打电话。

终于结束了，陈见鹿坐在凳子上，从对面的玻璃能看到自己的样子，落魄得像个失败的傻子，但是眼泪没有如她意料之中地落下来。

她开始收拾东西，好像也没有很难过啊，是没开始发作吗，就像红酒那样，要过一段时间才能感受到后劲吗？也许没那么复杂吧，也许是因为，她的心早就死了，今天才正式宣判。

"你喜欢我什么啊……"陈见鹿的耳边还回响着这句话，她哭笑不得，因为就在前几天，她也对一个人说过这句话。

陈见鹿走出办公楼，刚才还想到的那个人已经等她很久了。田磊笑着迎上来说："听说你参与的广告片今天试映了，恭喜啊！效果还好吗？"

假装拨出去的电话也能叫到人啊，这算什么事，陈见鹿看着田磊，在心里吐槽。

哟，还带了一束花呢，还是这个让她做出了好作品的品牌——陈见鹿想着，但依然觉得田磊应该抓着玫瑰上的刺。

"接花啊，我都拿一晚上了，好累的。"田磊晃了晃手里的花。

"拿束花都嫌累，以后怎么把你女朋友捧在手心里？哦，你这种受虐狂估计够呛能找到女朋友。"陈见鹿接过田磊的花,"我来教教你怎么追女孩子吧,这束花就当谢礼了。"

"怎么追,都听你的。"

"先带她去街尾那家比萨店请她吃个杧果比萨,这个点了,我好饿。"

"好嘞!"

陈见鹿也觉得很神奇啊,自己在林续面前明明是个怯怯懦懦的小姑娘,怎么一看到田磊就非常自然地转变成一个御姐,变了个人一样,这种感觉莫非就是所谓的重获新生?

"幸好你把花收下了,不然我就白白辞职了。"田磊咧着嘴对她笑。

"什么?"

"辞职呀,不然和你在一起会被当成敌司间谍的,对你的影响不好。"

"你为了我辞职?就因为喜欢我?你这个人怎么那么儿戏!这花你拿回去吧。"陈见鹿很生气,不想成为一个让别人辞职的罪人。

"没有没有,我本来也不太喜欢分智的气氛,早就在骑驴找马了。告诉你哦,我已经找到一家公司,如果面试顺利,我就要脱离乙方的苦海,感受甲方的乐趣了。"

"什么?欺压我们让你这么快乐吗?"

"别紧张,在你这里,你才是永远的甲方。"

"油嘴滑舌!"

"对了,我还做了件事情。"田磊拿出手机,给陈见鹿看一张照片,"这是赵余的电脑键盘。"

第十九话 ▶ 各有秘密

照片里的键盘光秃秃的，只剩下 Ctrl 键、C 键和 V 键，其他键帽被拔掉了，放在旁边。

"我觉得，他只用这几个键就能满足日常的所有工作需要了。"田磊笑着说出自己的意图。Ctrl+C 等于复制，Ctrl+V 等于粘贴，赵余看到的时候估计会气得直接"死机"。

然而陈见鹿没有像田磊意料的那样跟着发笑，也没有骂他做这么无聊又有风险的事情，而是……眼泪流了下来。

刚才看着林续离开的背影鼻子都没有酸一下，现在眼泪却突然流了下来。

田磊很慌："怎么了这是？"

陈见鹿擦了擦眼睛："没什么，我们走吧。"

在林续告诉她城市书房的文案是抄袭林续的那天，她偷偷去到城市书房，像做贼一样给林续的作品加上署名，心惊肉跳地逃离现场以后大口喘气，觉得自己很傻，却丝毫没有后悔的感觉。

而今天，她看到有个人竟然和自己一样傻，会为喜欢的人做一些维护她的事情。

电视剧里掩饰流泪的时候都喜欢说"眼睛进沙子了"，陈见鹿此时很想说自己是"眼睛进傻子了"。

卖比萨的店就在前面不远处的拐角，再走几步就能到，但是陈见鹿心想，也许可以和这个人走得比想象的远一点呢。

第二十话 ▶▶ 王姨生病

丁耳朵昨天因为一点小事和庄庄闹了别扭,闷闷不乐地给林续开了门。

她其实有些庆幸和庄庄是在周五闹的别扭,这样就可以有周末两天的缓冲,不用面临面对面又互不理睬的尴尬。看到林续的时候她心想,也许长大了以后就不会再有这样的问题了吧,成年人一定酷酷的,想和好就能马上说出口。

而林续看到丁耳朵的时候心想,小时候真好,不用后知后觉自己的徒弟喜欢自己,幸好今天是周六,还不用考虑和她怎么在同一个办公室里相处。

两个人对视了一眼,用眼神交流了一下对彼此的羡慕。

丁耳朵抬头定定看着林续,除了羡慕,还看到了其他东西。

"你的眼睛旁边有颗好大的眼屎。"丁耳朵毫不留情地指出。

"有吗?"林续赶忙擦了一下眼睛,"这不是眼屎啊,肯定是刚才我打扫卫生的时候沾到了什么。"

"可能沾到了鼻屎吧。"丁耳朵像扔飞刀一样又扔了一句话。

"欸,你一个小女孩怎么可以那么随意地把屎屎屁挂嘴边。"

第二十话 ▶ 王姨生病

"她和好朋友闹别扭了,不开心呢……"丁尔夕从房间里出来,"找我什么事啊?"

"王姨病了,我们去看看她吧。"林续没有等到王姨每个月的例行检查,打了电话才知道王姨生病在住院。

"耳朵你感冒还没好,就别去医院吸收病毒了,好好待在家里。"丁尔夕交代丁耳朵。

"哦。"丁耳朵在沙发上像蔫了的橙子一样回应丁尔夕,但是这个状态和感冒关系不大。

王姨躺在病床上,本来一脸倦容,一看到他们立马笑得很开心,仿佛他们身上带着能让自己药到病除的灵丹妙药。

护工阿姨看到有人来探病,就跟王姨说下楼走走,随时打电话叫她回来。

王姨的老伴几年前去世了,孩子在国外,这种时候只能请护工。

林续把带来的水果和营养品放到王姨的床头柜上,还有丁尔夕选的一束花。

"王姨你是哪里不舒服,我看你身体不是一直挺硬朗?"丁尔夕坐下就给王姨削苹果。

"路过广场的时候看不到你跳广场舞的身影都不习惯了,快点回归啊。"林续说。

"唉,老说自己看人准,这次终于栽了。"王姨突然叹了口气。

"究竟发生什么事了?"林续以为王姨只是普通的身体抱恙,现在看来另有隐情。

"小万你见过吧?你的邻居。"

"当然见过,他每次都和我打招呼,挺热情的一个人,他怎么了?"

"他给我介绍了一个理财项目,说是他们公司的招牌项目,每天在我身边转来转去地吹耳边风,我这不是相信他,想支持下小伙子的事业,就在他们公司买了十万块的产品。现在他们的产品爆雷了,他人也不知道哪儿去了。"

"爆雷的意思是?"林续没明白。

"就是消失了,老板携款潜逃了,我也是因为这个事才知道的这个词,花了十万块才知道的这个词,是不是很好笑?"王姨又是一阵唏嘘。

"十万块!是我我也得气病!"林续想了想自己工作了好几年,存款也就比十万多一些,不由得替王姨心痛。

"这只是引线。"

"还有什么?够波折的啊!"

"然后我就去派出所报警,好家伙,已经好多同样被骗钱的人在那里了,警察同志就让我们排队登记,有个死老头子竟然在排队的时候插到我前面去了。你说大家都是丢了钱的,谁不心急,凭什么插队啊,我就跟他吵了起来。吵着吵着就眼前一黑,醒来就在医院了。"

林续和丁尔夕听得都惊呆了,没想到王姨没因为被骗了十万块晕倒,倒是被一个插队的糟老头子气倒了,这还真是王姨的风格。

"愣着干吗,你们快跟我说点什么让我开心一下。"王姨说得很认真。

林续想不出自己说什么可以弥补王姨没了十万块的悲伤。

第二十话 ▶ 王姨生病

"那个什么小万,有跟你推销过那个理财产品吗?"丁尔夕问林续。

"没有啊,一次都没有。"林续说。

"那说明他看人比王姨还准,知道你没钱。"丁尔夕说。

王姨"哈哈哈"地笑起来,对丁尔夕竖了个大拇指。

这个晚上,王姨和林续、丁尔夕说了很多,说她的孩子去美国定居以后就不愿意回来了,想接她过去她不肯,理由是:"我连拼音都学不会,怎么学英语呀,想到就头大。"

所以她喜欢把房子租给年轻人,尤其是看起来顺眼的年轻人。

王姨说这些的时候脸上一直挂着笑容,林续看不懂那个监护王姨心脏的仪器,但是他相信王姨和他们聊天的时候,仪器上的数字肯定很稳定。

丁尔夕去给王姨打热水,病房里只剩下林续和王姨。

"没想到啊林续,给你介绍了那么多次对象都没成,现在你们还挺合适的。果然缘分不能强求啊。"

"八字都没一撇呢,你别这么说。"林续没有否认自己喜欢丁尔夕,如果监护王姨心脏的那个仪器是装在他身上,此刻一定显示心跳过速。

看到丁尔夕回来,王姨立马拆掉心脏检测仪的贴片,开始穿外套:"其实你们今天过来正好可以帮我个忙,陪我下去走走吧。"

"看您这动作,恢复得挺好呀。"丁尔夕赶紧过去扶住王姨。

到了医院楼下的长椅边,王姨就开始左顾右盼:"你们快帮我看看坐在哪里最不像医院,今天是我每个月要和儿子、孙子视频的日子。"

林续和丁尔夕恍然大悟,原来是这样。

林续先扶王姨坐下，然后在丁尔夕的面前拨通和她的视频通话："你好，我在美国呢，现在你那里几点了？"

丁尔夕扑哧一笑："你在美国干什么啊？"

"现在这个点还能干吗，沐浴在阳光里呗。"

"穿着衣服洗澡那么有创意呢？"

两个人一边假装打着越洋电话，一边对着摄像头尝试位置，试图找到一个最不像医院的地方。

王姨笑着摇了摇头："真是幼稚。真是合适。"

"这里可以！这里跟我们小区的楼下差不多。"林续开心地说，赶紧把王姨扶过去，王姨刚过去坐下，视频电话就响了起来，让林续和丁尔夕长呼一口气。

王姨露出毫无病态的笑容接通视频："你在哪儿呢？黑灯瞎火的，你那边不是白天吗，我孙子呢？"

王姨的儿子说："你等等啊。"

"奶奶！奶奶！"王姨从视频里听到孙子的声音，但是她感觉有点不对劲，因为这声音不仅仅从视频里传来，也从她的身后传来。

紧接着王姨就看到了对她来说不可思议的一幕——她在视频里看到了自己的背影。

"奶奶！奶奶！"一个洋气的小男孩跑向王姨，跟在后面的爸爸妈妈正举着手机跟拍他。

王姨望着突然出现的儿子一家三口，一脸慌张，像个做错事的孩子："你

第二十话 ▶ 王姨生病

们怎么突然就来了啊？怎么也不跟我说一声？"

"我们还不是什么都不知道。"儿子的话里带着生气。

"那是谁告诉你们的？你们也不认识其他人呀！"

"你的手机运动之前每天都有几千步，这几天动都不动，你想瞒我们到什么时候？"

"什……什么运动？"王姨完全听不懂。

林续和丁尔夕也没想到还能这样，被他们一家感动得不行。丁尔夕拉了拉林续的袖子，林续心领神会，两个人悄悄地离开。

看到丁尔夕若有所思的样子，林续突然反应过来这个一家团聚的画面对她意味着什么。

"你急着回家吗？要是不急，跟我去拿个东西，就在这附近。"

"不急呀，耳朵现在应该已经写完作业在画画了。"丁尔夕刚才想起了妈妈，"妈妈知道她这样一定也很开心吧。"

"一定很开心的。"

林续把丁尔夕带到马前的玩具店。

"这是我发小马前。"林续介绍。

"你好，我是林续的邻居丁尔夕。"丁尔夕挥了挥手。

"哇，久仰久仰，终于见着真人了。"马前看着丁尔夕，一脸坏笑，要不是林续强烈要求过他什么都不能说，他能天花乱坠地编出一个林续为了替丁尔夕出气勇斗PUA渣男的故事来。

"你怎么就久仰了,你骗谁啊。快把我拼图拿来。"林续掐了掐马前的脖子。

"尔夕你说说他啊,好好的游戏不陪我玩,整天鼓捣个拼图。"马前被掐着脖子依然要吐槽林续。

"你没听过《爱拼才会赢》吗?我这还不是为了生活!"

丁尔夕对着两个大男孩摇了摇头,转身逛起了马前的玩具店。

丁尔夕对各种动漫周边不太了解,有的眼熟,有的第一次看到,纯属看个新鲜。

"对了,你要不要拜拜前面那个转运无脸男?"林续指了指一个方向。

"拜拜?"丁尔夕看着眼前一个一米高的无脸男,这个人物她知道,是宫崎骏的《千与千寻》里面的,但是不知道林续说的"拜拜"是什么意思。

"这个无脸男可以把你身上的霉气都吓跑,很灵的,经常有人来还愿,比你经常在微博上转发的锦鲤灵多了。"马前给她介绍。

丁尔夕很喜欢在微博转发各种许愿的东西,纯属图个乐呵,这总比一个动漫玩偶更可信一点吧。

"先按它身上的那个按钮!"林续提醒她。

丁尔夕按了一下,无脸男的舌头立即从面具下面伸了出来,示意丁尔夕把钱放上去。

"这个真的不是你们编了一个故事来骗顾客的钱吗?"丁尔夕觉得有点好笑,还是掏出一个硬币放了上去,恭恭敬敬地双手合十。

"真的很灵的,林续他……"马前还想说什么,林续已经用迅雷不及掩耳的速度用一根香蕉把他的嘴巴堵上了,低声说:"敢说出来我就杀了你。"

第二十话 ▶ 王姨生病

"林续他怎么了啊?"

"你拜你的,别理马前。"

"实现了要记得来还愿啊!"马前吃着香蕉提醒道。

"玩你的游戏吧。"林续怒斥他。

"许了什么愿啊?"林续正看着马前打游戏,看到丁尔夕也围了过来,"哦,不对,说出来就不灵了。"

丁尔夕笑了笑表示同意,不过即便没有这种说法,"我希望我们一家能恢复从前的温暖"这种心愿她也不会在刚认识的人面前说出来。但是如果只告诉林续呢,丁尔夕发现自己其实是乐意的。

"你不玩游戏的吧,看得懂吗?"林续看丁尔夕竟然看得挺专注。

"看得懂呀,这个走位比我还差。"丁尔夕淡淡地说。

这句话听得林续一愣,马前也因为受这句话的刺激一个走神,直接被敌方杀掉。马前要等待三十秒才能复活,他起身让出位置:"你来?你要比我厉害,我把这个玩偶吃了。"

"来就来。"丁尔夕毫不客气地坐了下去。

还有十秒开始,丁尔夕松了松手上的筋骨。

"还挺有架势。"马前笑了笑,把手搭在林续的肩膀上,露出等着看笑话的表情。

一杀、二杀、三杀……在马前大呼小叫的影响下,丁尔夕依然展现出了比马前厉害的实力,赢得了游戏。

"丁姐,能告知你的游戏 ID 吗?"虽然身体还站着,但是马前的灵魂已经给丁尔夕跪下来了。

"没有ID，我已经删掉了。"丁尔夕笑了笑。

"为什么删掉啊？已经达到了无敌太寂寞的程度吗？"

"你玩得那么差，我也就比你厉害一点，你怎么那么浮夸，林续你管管他啊。"丁尔夕学马前说话。

"我可拿他没办法。"林续摆了摆手。

"对了，你刚才要把什么吃掉来着？"丁尔夕可没忘了这回事。

"吃就吃。"马前把玩偶的包装一开，竟然是个巧克力，想到这里有各种各样奇怪的玩具，倒是合情合理。

虽然马前再三请求丁尔夕再玩一盘游戏，希望验证一下刚刚不是一种错觉，丁尔夕还是以时间不早了为由拒绝了。

"欢迎丁姐随时过来指导，要是嫌林续影响发挥，就不要带上他。"马前到门口送别两个人。

"我想正常发挥一下怎么踹飞你。"林续动了动脚。

马前配合地往店里退了一步，然后鞠了一躬："谢谢光临，请慢走。"

"你这朋友挺好玩啊。"走在回家的路上，丁尔夕对林续说。

"打了一辈子游戏，感觉一直都没长大。"林续满是嫌弃，顿了顿又换了语气，"有时候真是有点羡慕他。"

"你喜欢玩拼图？"丁尔夕看到林续手里的大盒子。

"喜欢。小时候我爸妈经常要加班，晚上不在家，就给我买拼图玩。我也喜欢玩，一拼起来就忘了时间。当然了，我爸妈不会有很多钱给我买很多拼图，所以我总是一幅拼图拼好了又自己打乱，重新拼，来来回回好几次，也不觉得腻。"

"你还真是……特别。"丁尔夕不知怎么形容。

"像这种三千片的拼图，放下最后一片的快感是做很多事情都比不了的，有空你一定要试试。"

"不用有空了，你就把你手里的这个给我试试呗？"

"这个不行这个不行，这个难度太高了，不适合新手。我回家给你找一幅简单的。"林续有点慌张地拒绝。

"拼图不就是照着图片一块块拼起来的，还分新手和高手吗？"

"有的，比如有一个很有名的拼图叫作《纯白地狱》，就是每一块拼图都是白色的，形状看起来一样又不一样，你要找很久才能找到正确的那块，闭上眼睛的时候，眼前都是晃动的白色的拼图，像是地狱一般。"林续为了打消丁尔夕的挑战欲生动地介绍，因为他手里的这幅拼图，绝对不能让丁尔夕知道内容是什么。

"那你拼好的时候一定要给我看看。"丁尔夕果然完全没兴趣了。

"话说，你打游戏怎么那么厉害？"林续十分好奇。

"游戏啊，因为我太蠢了，所以就打得那么好了。"

林续试图理解这句话的逻辑关系。

"我前男友在金融公司上班，有段时间压力很大，经常一下班回家就窝在沙发上打游戏。"丁尔夕脸上平静得像是陈述一件与己无关的事情，"我为了能和他相处更多的时间，经常陪他打游戏，就打得那么厉害了。分手了以后我就把游戏删掉了，因为我根本不喜欢打游戏。是不是很蠢？"

丁尔夕厉害的游戏水平和她温柔的形象非常违和，想到这样的扭曲是爱情下的黑手，却又合情合理。爱情啊，能让一切正常的东西都变得扭曲。

"谁还没为喜欢的人做过一些蠢事呢？"林续若有所思，"游戏可以删掉，要是记忆也能删掉就好了，是吧？"

"那你做过什么蠢事？"

"我几年前交过一个女朋友，很喜欢热闹，经常参加各种聚会，所以我硬着头皮跟她参加了很多超过五个人的活动。"林续说，"那种感觉你知道吗，就像他们沉浸在欢乐的海洋里，而我是条呼吸困难的淡水鱼。"

"我也不喜欢超过五个人的活动。"丁尔夕很赞同。

"来跟着我一起做，闭气。"丁尔夕对林续做出屏住呼吸的样子。

"啊？"林续没有赶上丁尔夕的思路，但是照做了。

三十秒以后，丁尔夕伸出五个手指开始倒计时，数到一的时候，林续已经心领神会地一起和她大口呼吸。

"恭喜我们都离开了不能自由呼吸的感情！"丁尔夕边大口呼吸边说。

"但是，我们是不是不该在垃圾桶旁边这样做？"林续指了指旁边。

两个人一起笑起来。

一回到家林续就把拼图拆封，比以往更加迫不及待，因为这个拼图是定制的，用的是他和丁尔夕在夕阳下的合影。林续把那张照片找出来，准备对

第二十话 ▶ 王姨生病

着照片开始拼图,但是才放了几块就发现了一个事情。他把照片翻到背面放到一边,继续流畅地拼图。因为这张照片林续已经看过无数遍,深深印在了脑子里。

不知道从什么时候开始,网上开始流行转发锦鲤,动动手指就能获得好运气是一件性价比特别高的事情,让人无法拒绝。

林续很少做这些事情,所以他觉得马前的无脸男真的很灵。在丁尔夕搬过去前一个星期,林续在马前的店里对无脸男半开玩笑半认真地念念有词:"求求你让我遇到个喜欢的人吧!"

没过多久丁尔夕就出现了。

但是在遇到丁尔夕的时候,林续也后悔不已:该死,许愿的时候忘了说让她也喜欢我了。

第二十一话 ▶▶ 游乐场

"哈……哈喽？空你七哇？笨住？"丁耳朵在刘杰瑞面前有点拘束，因为这是她第一次和长着外国面孔的小朋友说话，严格地说是一半外国面孔。丁耳朵一下子蹦出的是曾经学过的"多国语言说你好"，虽然有的发音只有她自己听得懂。

"你好，我是刘杰瑞，我会说中文。"刘杰瑞回答丁耳朵。

"早说啊。"丁耳朵呼了一口气。

林续和丁尔夕难得看到丁耳朵脸红，在旁边笑个不停。

王姨还要在医院观察几天，觉得孙子难得回国一趟，整天待在医院里不太好，于是拜托林续、丁尔夕带孩子去哪里玩一天。

林续满口答应，说他们公司有本旅游大全，介绍了本市所有可以玩的地方。

"里面会有比游乐场更能让这两个家伙满意的地方吗？"丁尔夕淡淡地问。

"肯定不会有的。"林续乖乖闭嘴。

"好好在家，晚上回来告诉你今天都玩了什么。"丁耳朵跟木耳告别。

第二十一话 ▶ 游乐场

木耳"喵"了一声,钻回自己的小窝。

"小时候我来过这里,那个时候这个游乐场可能只有现在的十分之一那么大,没想到已经扩建成这样了。"丁尔夕看到游乐园的大门十分感慨。

林续不知道丁尔夕在这里留下了什么回忆,但是他想,也许在另外十分之九的地方可以带给丁尔夕崭新的记忆。

混血的刘杰瑞不时引来大家的侧目。"他们在看什么?我的脸上有东西吗?"刘杰瑞不解地问丁耳朵。

"他们很少看到外国小孩,对你好奇呗。"

"这种感觉真是特别,因为在学校里从来没人会注意我。"刘杰瑞说,"你呢,你在学校里朋友很多吗?"

"只有一个,而且我们吵架了。她要是知道我和一个外国小孩一起玩没有带上她,估计还能再吵一架。"丁耳朵告诉刘杰瑞。

刘杰瑞感觉自己像是女孩子必须和好朋友分享的稀有娃娃,有些高兴。

"小孩子真是容易成为朋友啊。"跟在他们后面的丁尔夕对林续说。

"你有没有想玩的东西?今天我们都是小孩子啊。"林续问丁尔夕。

"那我们去坐旋转木马吧。"

"这么简单?"

"因为小时候和妈妈一起坐过,我想重温一下当时的感觉。"

"你知道为什么旋转木马都是逆时针转动吗?"

"是这样的吗?你不说我都没发现。那是为什么呢?"

"为了让你觉得就像坐在一根时针上,带你回到过去的时光里。"

"原来还有这样的故事呢？我才知道。"丁尔夕觉得对她来说，这个故事真是太令人感动了。

"其实是我现编的。也有顺时针旋转的木马。不好意思，职业病犯了。"林续笑道。

丁尔夕对他无奈地噘了噘嘴，坐上旋转木马等待着回到过去。

林续在工作中写过一段关于旋转木马的文案：生活有时候像坐旋转木马，将烦恼抛到脑后，短暂快乐后又会迎头撞上，但是请你给予自己并享受这短暂的快乐。

但是这其实是他第一次坐旋转木马，他们做广告就是这样，总是要虚构一件自己没做过的事情。

林续和丁尔夕一前一后坐上了旋转木马，他发现自己当初写的文字是不对的，他不会将烦恼抛到脑后，因为他的脑后此刻是丁尔夕，抛到脑后会砸到她。

林续转头看到丁尔夕闭上眼睛感受，那是一个适合接吻的表情，于是林续突然很羡慕迎面吹来的风。

旋转木马停止转动，丁尔夕一出来就看到脸上涂了颜料的刘杰瑞，马上怒视丁耳朵。

丁耳朵无辜地赶忙摆手："是他主动让我画的。"

刘杰瑞马上说："对的，是我叫她帮我画的，很好看不是吗？"

"但是这个又是谁？"丁尔夕指着另一个同样把脸贡献给丁耳朵做画板的小男孩。

第二十一话 ▶ 游乐场

"也是我叫她帮我画的。"小男孩傻笑,并且不打算介绍一下自己是从哪里冒出来的。

"我真的看不懂现在的小孩。"丁尔夕又气又笑地对林续说,林续表示同意地摆了摆手。

"你怎么在这里,找你好久了。"一个熟悉的声音传来,竟然是赵余,赵余看到林续也愣了一下。

"爸爸,我还想和我的两个朋友一起玩。"小男孩央求爸爸。

"快跟我走,你们才认识几秒钟啊,就两个朋友。"赵余想把孩子马上拉走,他知道林续有多讨厌他。

"让他们一起玩会儿呗,这里是小孩的游乐场,不是我们大人的世界。"林续知道赵余听得明白他在说什么。

"就玩一会儿,今天都玩一天了。"赵余对儿子摆了摆手。

"我下个月就离职了,为了新工作也许会搬离这个城市,能让他玩得那么开心,很感谢你们。"赵余淡淡地说,同时用五个字解释了一下原因,"算我活该吧。"

"你儿子挺像你的。"林续并不打算对赵余的去向多加了解,"不对,是长得挺像你的,其他方面不像。"

"呵呵,你真的很喜欢话里有话。不过没想到你年纪不大,孩子都和我的差不多大了,要是知道这点,也许我们的敌意会少一点。"

"不是我的孩子!"林续差点跳起来。

"好好做广告!"赵余把儿子带走的时候对林续抛下一句话。

现实里更多的情况明明是越卑鄙越得势，赵余怎么就"恶有恶报"了呢？几个卡通玩偶人从林续面前走过，游客在龙形的海盗船里欢呼，不远处是一个五彩斑斓的城堡，林续有些恍惚，比起这些，赵余的"活该"更能让他感觉到都市童话的意味。

不出林续所料，丁耳朵没有放过接触恐怖元素的机会，一个恐怖游戏VR体验区早已被她盯上。刘杰瑞也说要玩，林续看得出他的目的，就是不想输给一个同龄的女孩子。

林续摆摆手拒绝了他们的邀请，然后告诉自己：你已经不是一个十岁的小男孩了，要知道输给一个十岁的小女孩没什么不好意思的，总比连做几个晚上的噩梦好多了。

林续不知道他们在VR里的体验究竟是怎么样的，反正体验结束了以后，刘杰瑞对不仅没有被吓到、还玩得很开心的丁耳朵只剩下膜拜。

"你是我见过的最酷的女孩子。"刘杰瑞对丁耳朵说，"我们学校里有很多发型奇怪的酷女孩，但是没有一个有你酷。"

丁耳朵不知道为什么刘杰瑞是以发型来评判一个人酷不酷的，但是依然不客气地收下了刘杰瑞的膜拜。

在小区里送走刘杰瑞的那天，丁耳朵目送的士离开以后默默地擦眼泪，她问丁尔夕："为什么这个世界那么大却没有机器猫的任意门，和谁都可以随时见面？"

丁尔夕摸摸丁耳朵的头："你们现在还能用网络联系呀，网络就是这个

第二十一话 ▶ 游乐场

时代的任意门呢。"

是啊,现在的通信越来越方便了,无论相隔多远都能联系到。

不过成年人的世界里有很多人还在通讯录里,却无论距离多近都再也联系不到了。

丁耳朵的童话之九：拼图

在遥远的地方有一个拼图星球，上面住着一个个拼图家族。

每一块拼图都拥有一张属于自己的图片，它们可以在图片上找到自己的位置，它们知道自己属于哪张图片。

拼图小兀的身上没有这样的图片，它叫小兀是因为镜子里的它像个"兀"字，镜子里的它还有一些花花绿绿的颜色和条纹，这就是它对自己全部的了解。

由于没有图片，所以小兀不知道自己属于怎样的一幅拼图，不知道怎么回到自己的家族。但是小兀对家是渴望的，因为在它的脑海中，那里会有一个属于它的位置，它可以很舒服地待在那里。

小兀开始踏上寻家之路。根据自己身上的颜色，它跑到一个关于花的拼图家族里，它感觉自己会是花瓣的一部分，结果一片粉红的花瓣告诉它，这个家族没有这样颜色的一朵花。

小兀跑到一个星空的拼图家族里，它感觉如果是一幅巨大的宇宙拼图，它作为星星的一部分也合情合理。结果它还是失败了，一颗橙黄色的星星告诉它，虽然它身上带着这里每颗星星都有的孤独感，但是很抱歉，它找错了地方。

后来小兀又去问了很多个拼图家族，都没有一个位置属于它，它感到无比失落。

有一天小兀遇到了另一块落单的拼图，那是一块稻草拼图，据它说它是稻草人的一部分。

小兀奇怪："那你应该挺好找到你的家呀，为什么会落单呢？"

稻草人说："因为它们离开这个星球，到另一个世界去了。"

小兀没想过还有这个选项。

"其实还有很多和我们一样落单的拼图哦。"稻草人告诉小兀。

稻草人说的是真的，后来小兀又认识了猫尾巴拼图、书角拼图、灯光拼图……它们出于各种各样的原因落单了，所以有共同的痛苦和很多共同的话题。稻草人组织了一个共助会，大家发现把痛苦分享出来以后，真的轻松了一些。

"可是，我还是想和其他拼图一样，有那张图片。"小兀说。

"咔嚓！"稻草人不知道从哪里掏出一个拍立得，给小兀拍了张照。

"现在你有了。"稻草人把照片递给小兀,对它说,"其实拼图星球的拼图不是每一块都知道自己最初的位置,但是每一块都能找到自己的位置,而那张属于它们的图片,也不是唯一的。"

小兀定定地看着图片,这跟它想了很久的图片不太一样,又好像没什么不一样。

小兀把猫尾巴拼图拉过来合了一张影,又被书角拼图拉过去合了一张影,它想,以后它还会有更多的图片,每张图片里它都有自己的位置。

第二十二话 ▶▶ 画画风波

丁耳朵如所有人所愿，报名参加了画画比赛，所有人包括她自己。

当她需要一名模特和一些素材的时候，木耳成了她不二的选择。

丁耳朵打算画下遇到木耳以后发生的故事，为了画下他们初遇的场景，她背着画册去到小公园里。

丁耳朵专门带上了小鱼干，她本来想带木耳来见见老朋友的，但木耳仿佛知道她的目的，一直躲着不出现。

"你可真聪明，不和朋友见面就不用分开了。"丁耳朵想起了大洋彼岸的刘杰瑞，"那我带些你的小鱼干给你的朋友？"

木耳在角落里叫得很欢，仿佛在叫她多带一些，于是她多带了一些。

但是很奇怪，小猫们今天没有来找她玩，一只都没有出现。

"喵——呜——"丁耳朵学了学猫叫，没有任何效果。

可能它们有新的地方玩了吧，又或者自己学的猫叫在猫语里是"外面有怪物，你们千万不要出来"的意思，丁耳朵这样想着，便拿出画册开始画画。

"小妹妹，你抱回家的那只小猫怎么样了？"正画着画，突然有个人问她。

丁耳朵转头，是个穿着黑色衣服的大哥哥，感觉和林续差不多的年纪，但是看起来比林续要帅气一些，这让丁耳朵平添了几分好感。

"你说木耳？你怎么知道木耳的？"

"原来它叫木耳呀。"黑衣哥哥说，"我看着你把它抱走的。"

"原来是这样。"丁耳朵没有很奇怪。

"那天我也在这里抱了一只受伤的猫回家，你要去看看它吗？"黑衣哥哥问，"它最近好像都不太开心，如果让它看看你画的画，可能会开心一点呢。"

"我家就在这附近，走路十分钟就到了，很近的。"黑衣哥哥又补了一句。

"可……可以呀。我刚才还找了一下它们，原来被你抱回家了。"丁耳朵看了看带来的小鱼干，想着顺便可以给小猫吃，就答应了。

丁尔夕跟着黑衣哥哥来到公园附近的一个小区，跟着他上了楼，黑衣哥哥打开房门对丁耳朵说："进来吧。"

丁耳朵朝里面走了几步，没看到有猫的影子，问黑衣哥哥："猫在哪里？"

黑衣哥哥说："就在里面那个房间，你进去呀。"

丁耳朵觉得很不对劲："对不起，我不看了，我要回家。"

一转头，门已经被关上了。

前不久丁耳朵的班里举办过一次班级趣味活动，主题是"看看谁是小侦探"。活动很简单，就是老师给出了一些线索，让大家分组比赛，找出苹果在谁的手里。丁耳朵作为资深的柯南迷，熟悉《名侦探柯南》里的各种破案手法，加上自己的聪明才智，很轻松地就帮助小组成为冠军。分享心得的时候，

第二十二话 ▶ 画画风波

丁耳朵告诉她的同学们，她长大以后要当个侦探，一语道破别人怎么也想不出来的作案手法。

然而年仅十岁的她从来没想过，生活里的犯人长得和动画片里的不太一样，他们和正常人一样，在作案之前不会露出半点破绽。

如果丁耳朵坐在电视机前，那今天自己的遭遇，将是她不到最后都猜不出凶手的一集。

接到丁尔夕电话的时候，林续正在和丁明一起商量怎么布展。

"耳朵和你在一起吗？"丁尔夕问林续。

"没有啊，她怎么了？"林续听丁尔夕的语气很紧张。

"我打她的手表电话她不接，看定位在公园附近一个小区，已经很久没有移动了。她只有庄庄一个朋友，不会无缘无故去那里的，我要过去看看。"

丁尔夕给丁耳朵买这块智能手表就是担心找不到她，但也希望永远都不会用上里面的定位功能寻找丁耳朵，没想到还是用上了。

"你把位置发我，我马上过去。"

"叔叔，我们停一下，尔夕说找不到丁耳朵很担心，也有可能丁耳朵只是贪玩没注意。"林续告诉丁明。

"坐我的车。"丁明一听，脸色当即变得很紧张。

丁明带上林续去到地址上的小区，丁尔夕也刚到，看到爸爸来了，她满是没有照顾好丁耳朵的内疚，又有一点爸爸来了就会没事的安心。但是顾不上想这些，现在找耳朵比较重要。

丁尔夕走到智能手表定位的地方，根本不是这个小区的某一栋楼，而是小区里的花园。丁尔夕在花园里找了一通，没有发现手表的踪迹，说明手表的定位不够精准，只能显示一个大概的范围。

丁尔夕不知道丁耳朵具体在哪栋楼、哪间房子里，于是和爸爸、林续边在小区里叫唤，边拿着丁耳朵的照片问遍见到的所有人。

"每天都骂她找不到东西，迟早有一天把自己给弄丢了。现在真的弄丢了，等下找到她，我一定好好教训她。"丁尔夕气愤地说完，又马上开始祈祷，"一定只是在新认识的朋友家里玩啊！一定只是把手表摘下来玩而已呀！"

"没见过，我刚从外边回来呢。"

"没见过，不好意思。"

连续问了小区里的几个人都没有头绪。

"这个小女孩我看到了啊，跟着个年轻人过来的。那个年轻人好像刚搬过来没多久，以前没见过，住那栋楼的，每次都穿件黑衣服、戴个帽子，像是躲着谁一样。"一个闲坐的奶奶终于给出有用的信息，并且朝前面指了指。

林续和丁尔夕在听奶奶说话的时候，丁明也在观察每一栋楼，看看能不能发现什么踪迹，当奶奶指向那栋楼的时候，丁明看到八九层楼的位置突然有个黑色的身影缩回房间。

"在那里！"丁明马上跑起来。

林续和丁尔夕不知道丁明发现了什么，立即跟着他跑起来。

"我看到那个人了，鬼鬼祟祟的，肯定有问题。丁耳朵要是出什么事，我就宰了他。"丁明在电梯里说，他握紧拳头，手上的青筋紧绷。

第二十二话 ▶ 画画风波

到了数好的那层楼,一出电梯就看到一个黑衣人背着个背包要从楼梯里逃走。

三个人马上朝半开的门望进去,都不敢相信自己看到的是真的。他们看到丁耳朵被绑在一只凳子上,嘴上贴着胶布,没有意识,浑身是血。

丁尔夕当场晕了过去,林续手疾眼快地扶住她。

"我要杀了这个王八蛋。"丁明像一只发了疯的狮子冲下楼梯。

黑衣人看到丁明追上来,拼命地逃跑,楼梯陡峭,丁明的气势也彻底压制住了他,他一个踉跄就摔了一跤。

"你别过来。"黑衣人迅速爬起来,举着一把匕首指向丁明,而丁明发红的眼睛分明看到匕首上还沾着血。他的眼睛变得更红,向前的步伐没有迟疑一步。

没有人知道那天丁明和黑衣人搏斗的具体情形,黑衣人的脸上不知道被他揍了多少拳,肿得像个猪头。丁明压抑了很久的对丁耳朵的爱,都化作悲痛一拳拳揍在黑衣人的脸上,全然不顾腹部插着一把匕首。

丁明冲过来时,黑衣人条件反射地把匕首捅了出去。

一切都发生得太快,当林续把丁尔夕放下,赶来支援的时候,只看到地上倒着两个人。

丁明是在医院里醒来的,腹部扎着绷带。

"耳朵?我这是死了吗?你是幻觉吗?"他问在旁边坐着的林续和丁尔夕,想好好摸摸丁耳朵是不是真实存在,有没有哪里受伤,却发现自己完全动不了,一动就痛得不行。

"你伤口刚包扎好呢,别乱动。这不是幻觉,爸,耳朵她没事。"丁尔夕看到丁明醒了,如释重负地解释。

原来,那个黑衣人是个虐猫的变态,他在网上发了一些虐猫的视频,通过网友的怒骂满足自己畸形的快感。但是这还不能满足他变态的心理,丁耳朵把木耳抱回家的那天就被他盯上了,他决定把她骗到家里,当着她的面虐猫。他觉得一个爱猫的小孩在这种情况下的表情一定会让他无比满足。

但是丁耳朵让他失望了,一看到他拿出刀和猫,就被吓得晕了过去。他试着拍了拍丁耳朵,没有把她拍醒。于是他又换了想法,把猫血涂在丁耳朵的身上,在一旁等着她醒过来,享受她难受而惊恐的表情。做完这一切,黑衣人突然听到了楼下有人寻找丁耳朵的声音。

所以林续他们三个人看到的丁耳朵身上的血,是一只可怜的猫的血。

"没事就好,没事就好。"丁明忍着疼痛也要说话,开心得不能自已。

丁耳朵缓缓抬起头,看着自己的爸爸,已经三年没说过话的爸爸,挣扎了一下,还是没开口说出一句话,转身跑到丁尔夕的怀里。

"不说些什么吗?"丁尔夕摸了摸她的头。

"谢谢你。"一个弱小的声音从丁尔夕的怀里传来。

"你之前可不是这么说的。"丁尔夕说。

"之前是怎么说的?"丁明有点好奇。

丁耳朵掐了一下丁尔夕。

丁尔夕朝丁明做了一个"嘘"的手势,表示现在不适合说,丁耳朵会难堪的,

第二十二话 ▶ 画画风波

有机会再告诉你。

那天晚上丁明完全忘了身体上的疼痛。因为丁尔夕告诉他,他的女儿丁耳朵在醒来之后得知是爸爸救了她,还被那个坏人捅伤,在急救室的门口哭着说:"你醒醒啊,只要你能醒过来,我就再也不讨厌你了。"

所幸黑衣人的匕首没有刺到要害,医生说丁明在医院里躺二十天就可以出院。这二十天是丁明这几年来最开心的日子,他感受到了伤口在愈合,不仅仅是身体上的,还有和两个女儿的感情。

每天晚上,丁尔夕都会带上丁耳朵去医院看望爸爸。丁明在了解丁耳朵那天是为了画画去公园以后,更加发自内心地开心。他叫丁耳朵把画册带到医院来,趁机教她一些画画技巧,他既希望能一下子把自己知道的都告诉丁耳朵,又希望可以每天教她一点,陪着她很久很久。

这天中午林续又到医院看望丁明,丁明也算公司的合作伙伴,林续于公于私都有很多的机会去医院陪着他们一家。

医院是一个每天都有生老病死的地方。在来的路上,林续有些恍惚,自己在几个月前还只是帮她们搬家的邻居,现在已经完全参与了她们的生活。

林续还没走到病房就看到丁尔夕走出来,把手指放到嘴边小声说:"睡着啦。"

两个人在医院里的一个长凳上坐下,看着周围穿着病号服的病人们来来往往,聊着聊着就说到林续的工作上。

丁尔夕问他:"你们写广告文案的时候,那些奇思妙想都是自己冒出来的还是怎么得到的，我挺好奇的。"

　　林续想了想："是这样的，我们确定了一个主题以后，就会在脑中形成一个雷达，不停地搜索和这个主题相关的匹配的东西，想到什么就马上记下来，最后再整合看看能写出什么。"

　　"雷达啊……真是形象易懂的比喻呢。"丁尔夕若有所思。

　　林续顿了顿，说："我想，我在爱情里也有这么一个雷达，不停搜索心动的人。那天第一次看到你的时候，我的雷达就告诉我：找到了。"

　　"你这是在告白？"丁尔夕有点被吓到。

　　"你知道我喜欢玩拼图吧？每一块拼图都有特定的位置，有的模样对了，颜色不对；有的颜色合适了，放上去却发现不对。如果我的生活里还缺一块拼图，我就会觉得你哪里都对。"

　　"还有吗？"丁尔夕笑着看林续，不答应也不拒绝，让林续更紧张了。

　　"你啊，以前谈恋爱的时候为了维系感情要打自己不喜欢的游戏，明明自己还是个孩子，回来以后却变成了半个妈妈，做的工作也不是自己想做的心理咨询师。你的生活总是为了别人，而我希望你在我这里的时候，可以放心地做自己，做小孩。最近发生了太多事，我觉得心里有什么一定要及时说出来，不然会来不及的。"林续紧张无比，有点不知如何是好，突然站起身来说了句，"你爸爸应该醒了，我去看看他。"立即转身向病房走去。

　　不回应就是拒绝，这个道理林续还是懂的。

　　身后好像是丁尔夕起身的声音，然后一只手突然伸过来挽住林续的手，像每一对男女朋友喜欢做的那样。

第二十二话 ▶ 画画风波

今天距离林续给自己定的表白的时间还有一个月，突然就说出来了，他挺为自己开心的。

"她答应做我女朋友了！！！"林续开心地告诉马前。

"喂喂——我在山上信号不好——你说什么？"马前问他，从电话里听起来那边的风声很大。

"我说，丁尔夕答应做我女朋友了！"林续加大了音量告诉马前，这是不少人面对电话那头信号不好时的习惯。林续现在不是因为这样，现在的他不仅仅希望马前知道，还希望全世界都知道。

"哎呀，脱单了，可以啊，林续！丁尔夕是个好女孩！"马前听到了他的话，不知道是从电话里听到的，还是因为林续发出了想让全世界都知道的声音。

"你在山上是怎么回事？你不是应该在店里吗？"

"我给自己放了一星期的假，出来旅游了。"

"放假？为什么啊？你脑子打游戏打坏了？"

"我和一个姑娘一起呢。"

"哪来的姑娘……我怎么什么都不知道。"

"说来话长，以后再说了。"

"行行行，那你玩得开心。"

"想看我的时候看我的直播啊，哎哟，之前的粉丝一看我的直播从打游戏换成了游山玩水，一个个都取关我了，这些该死的死宅。"一说到这个马前就来气。

"你是不是告诉他们是和喜欢的姑娘一起？"

"对啊，怎么了？"

"死宅们关注你就是想和你一起在游戏里放纵，你这属于抛弃他们，拥抱现实了，还脱了单，不取关你取关谁？要不你还是别直播旅游了，回来再继续直播游戏吧。"

"我不！"马前傲娇地说，"其实也有一些粉丝看了我的直播以后也决定出去旅游，我要为他们直播。"

永远不要妄想取悦所有人，马前经常跟林续如此感叹。林续虽然知道他指的是自己面对众多粉丝的情况，但是依然忍不住回他："我从来没想取悦所有人呀，我只想取悦某个人。"

要是马前的白眼能杀人，林续已经不知道死多少次了。

第二十三话 ▸▸ 妈妈

和邻居开启一段恋情是什么体验？丁尔夕曾经在网上看到这样一个问题，现在她也成了有资格回答问题的人，她的回答是：虽然是刚刚在一起，却感觉好像已经在一起很久了。

这天，丁尔夕在家里煲汤，准备拿去医院给爸爸，在等待的间隙，她又看到了柜子上那个装着妈妈遗物的盒子。她把盒子打开，看到妈妈遗留下来的手机，再一次插上电源把它开机。在妈妈离开后的日子里，她重复了很多次这件事情。妈妈的手机里有很多关于他们一家的照片，每一张都充满回忆。她当然可以把照片都拷到电脑上，但是这不一样，用妈妈的手机看这些照片，就像和妈妈一起看一样。

丁尔夕为了防止停机，一直在给这部手机充值，所以开机的时候依然能接到很多信息，虽然很多都是垃圾广告。

一条署名是"邓医生"的人昨天发出的信息很让丁尔夕在意：怎么好久不来做咨询了？我想知道你的近况。

整个聊天记录只有这句话，这个邓医生是谁？联系到妈妈的躁郁症，丁尔夕猜想这应该是妈妈的心理医生，她决定拨打这个号码告知一声。

电话那头很快就接通："喂，你终于联系我了。"

丁尔夕有点紧张："您……您好，请问您是我妈妈的心理医生吗？"

邓医生一愣："为什么是你打的电话，你妈妈怎么了吗？"

丁尔夕把妈妈的情况告诉邓医生。

邓医生有点不相信："你们是怎么确定她是自杀的呢？"

"路人看到她的尸体以后报了警，然后警方在她身上找到了欠款的合同，截止日期就是那天。警方在周边调查过，她的身上也没有撕扯的痕迹，于是论断她是压力过大自杀的。"

"你就是她提过的那个也是学心理学的大女儿吧？"

"对的，是我。"

邓医生叹了口气："我们这个职业是不能泄露客户的咨询内容的，但是人已离开，我还是想表达一下我的观点，那就是通过我的观察，我在主观上不相信你的妈妈会自杀。她找我做了两年心理咨询，一直在坚持服用精神科的医生给她开的药，她的状况是在逐渐变好的。"

邓医生顿了顿："你觉得你的妈妈爱你们吗？"

丁尔夕很坚定："非常爱。"

邓医生："是的，她在做咨询的时候也强烈地体现出了对你们的爱，所以我是不相信她会抛下你们不管的。退一万步讲，就算那个债务给了她相当大的压力，让她一时想不开，她也不会以跳崖这种方式结束生命。你们可能不知道，她最难受的一段时间经常失眠，面容憔悴，但是依然会每天早上起

第二十三话 ▶ 妈妈

床化一个显得自己很精神的妆,再送你的妹妹去学校。她是个爱美的人,她能顶着那么难受的病情在你们面前假装没事,不可能以跳崖这种毁掉自己容貌的方式留在你们的噩梦里。"

丁尔夕听到邓医生说这些的时候眼泪止不住地流,是真的,妈妈刚离开的那段时间,她只要闭上眼睛就能看到妈妈在太平间里的样子。

丁尔夕回复邓医生:"谢谢您,邓医生,我会想办法弄清楚到底发生了什么。"

邓医生拜托她:"到时一定要告诉我,作为一个心理医生,被告知自己的访客自杀身亡,是一件很难过的事情。"

丁尔夕放下电话心情久久不能平静,她当然想过妈妈出事是人为的,所以当初恳请警方仔细调查,但是没有调查出什么异样,而且妈妈身上的借据和精神药物都符合一个自杀者的特征。

谋杀是不可能的,这点她相信警察的办案能力。

但如果……是失足坠崖呢?

妈妈肯定是不会回来了,但如果她不是自杀的,这对他们一家的意义就真的太大了,丁耳朵对爸爸的感情就会不一样,爸爸的歉疚感也会少一点。

丁尔夕这辈子都忘不了那一天,她冲到太平间里抱着妈妈的遗体痛哭:"你怎么那么傻!又不是还不了钱,为什么不让我们一起承担?!"

而现在竟然有这样一种可能:哪怕自己很难受,妈妈也没想过放弃她们啊!

这已经不是猜想了,丁尔夕开始相信,这就是真相。

把汤送到医院时，林续已经在等她："你说你有一件重要的事情，是什么？"

丁尔夕把林续拉到一边告诉他那通电话的内容，林续不假思索地说："我们马上去那边看看吧。"

若不是林续陪着，丁尔夕真的没有勇气登上这座山，这是一个悲伤的地方，她会不断想象妈妈当时的情况。

林续看出丁尔夕的紧张，轻轻牵住她的手："有我在，没事的。"

丁尔夕答应林续的告白还有一个重要的原因是她觉得和他在一起的时候总是很安心，就像现在这样。

"我突然就想明白了妈妈和邓医生的聊天记录为什么是清空的，她是担心一不留神被我们看到吧。"丁尔夕说。

"在我们看不到的地方，父母真的做了好多事情。"林续看了看周围的环境，觉得丁尔夕妈妈孤身一人来这里有点奇怪，"你知道你妈妈为什么会来这里吗？"

"之前不知道，现在我想，她是来看这些好看的花儿吧。"上山的道路边，两人看到很多好看的小花，"妈妈喜欢花，喜欢海边的夕阳，喜欢一切美好的事物。"

"那就说得通了，上次和你爸爸去拜祭你妈妈的时候，他也专门买了很大一束花。难道她是因为摘花掉下山崖的吗？"林续发出疑问。

"完全不可能。"两个人来到她跳崖的地方，没有看到任何花的影子。

第二十三话 ▶ 妈妈

没有目击证人,没有摄像头,丁尔夕和林续不知道如何重现大半年前的一场事件。

丁尔夕想走到崖边看清楚一点,林续心里一惊,赶忙拉住她:"太危险了,我们先回去吧。"最近发生了那么多事情,林续神经绷得很紧,不容许丁尔夕一家再出现任何意外。

丁尔夕不甘心,却又不知道还能做什么,她对着天空在心里默念:妈妈给我点提示吧,这对我们真的很重要。

天空没有任何回应。

两个人又在附近问了一遍,住在山脚下的人好几个都知道他们说的有人自杀的事情,但是都没人看到当时的情形。

"回去吧。"丁尔夕失落地说。

"明天印一些求助告示再来吧,到处贴一下,看看有没有目击的人。"林续看到几根电线杆,觉得可以这么做。

"明天贴了告示以后如果收不到回音,我们就算了吧。爸爸还需要人照顾,妈妈的离开也已成定局,不能在这个事情上花费太多的时间。"

林续还想继续安慰丁尔夕,突然被远方的一个东西吸引注意力:"那是什么?"

丁尔夕朝他指的方向看去:"是无人机啊,最近挺流行用这个拍摄的。这边风景还不错,也没有什么障碍物,可能是无人机拍摄不错的选择吧。"

"那天有没有人用无人机拍到了什么?"两个人异口同声。

顺着无人机回飞的方向,林续看到另一个山头好像有两个人,两个人马上跑起来。

"我们第一次来这边玩无人机呢。"两个小年轻面对气喘吁吁的林续和丁尔夕,不明所以。

"你们可以帮忙问问一起玩无人机的朋友有没有过来拍过吗?具体时间是去年的十一月二十三日下午。"林续向他们求助。

"玩无人机的人本来就不算多,还要精确到某个下午,不可能的啦。"其中一个小年轻说。

"这关乎我妈妈的死因,对我非常重要,哪怕只有一丝希望,我也不想放过。如果可以帮忙,真的非常感谢你们。"丁尔夕坦诚相告。

"死因?"两个小年轻露出惊恐的表情,转而又有点兴奋,也许他们觉得自己有可能帮助破获一起什么案件,"我们加入了本地的无人机爱好者群,可以帮你问一下,但是概率很小,你们做好心理准备。"

"那就麻烦你们了。"丁尔夕和他们交换了联系方式。

"也算有收获了,对吧?"林续看丁尔夕依然心不在焉的样子,鼓励她说。

丁尔夕是三天以后在医院里收到信息的,玩无人机的爱好者的确不多,两个年轻人在几个群里一发就基本有答案了。也许是丁尔夕对天空的祈祷显了灵,真的有人给她发过来一条五分钟的视频。

因为是周末,林续也在,这让她感到庆幸,她还真的没有勇气一个人点开这个视频。

两个人去到病房外面,在有具体的结论之前,还不能让爸爸知道。

第二十三话 ▶ 妈妈

丁尔夕点击播放键，随着无人机的视角在空中盘旋，看着看着眼泪就控制不住地流了下来，画面的远处有个人影，虽然离得很远，但是丁尔夕一眼就认出了是自己的妈妈。

丁尔夕觉得有些嘲讽，她现在竟然在天上看着妈妈，而现实里这个顺序已经颠倒过来。

妈妈蹲在山崖边，好像要摘什么东西，然而无人机飞得太高，和妈妈也有一定距离，没能看得很清楚，无人机的主人只当是一次简单的拍摄，摄像头一扫而过就返航。

丁尔夕知道是时候跟爸爸说这个事情了。

"什么？你妈妈有可能不是自杀？你们最近神神秘秘的就是因为这个吗？"丁明"噌"的一下坐起来，动作太大以至于扯到伤口，疼得马上捂住。

丁尔夕让爸爸注意伤口，三个人把画面放大，把丁尔夕妈妈出现的十几秒重复看了很多遍。

"我想我知道这是什么了……这是一种可以画画的野果子啊……"丁明沉重地说，心脏检测仪的数据快速升高，丁尔夕赶紧轻抚他的背，让他别那么激动。

丁明的手在颤抖，他不敢相信丁尔夕的妈妈是因为这个坠崖的。"太傻了，真的太傻了……"丁明重复了好多次这句话，林续和丁尔夕不敢打扰丁明，在一旁默默等待他道出他知道的真相。

"我们刚开始恋爱的时候，有一次一起去山里画画。她也是在山上摘了几颗这种野果子，很开心，问我说这果子可以挤出紫色的果汁，也能用来画画吗？我就回答她不仅可以画画，而且她画的东西，我会帮她实现。然后她就画了一个简单的房子。那时候我的画卖不出去，穷，她说不介意住的地方有多简陋，只要是和我一起就可以，几天以后我们就领了结婚证。她又在画上面添了两个小孩，后来就有了你们。那幅画一直摆在我画室的桌面上，你们小时候应该见过。她这么冒险地去摘那个果子，一定是想起了关于我们建立小家的美好往事，她应该是想找我帮忙吧……怎么那么傻，直接打电话不就行了……"

在丁明痛苦的回忆里，丁尔夕看到这样的画面：妈妈为了放松心情去爬一座有很多花花草草的山，在看到那颗野果子的时候她想起和丁明的约定，她想起了关于这个小家的美好，她决定摘几颗果子画一张支票，拍到丁明的面前，说"借我这么多钱，我会还你的"。

这才是她认识的妈妈。

可是为了这个失去生命，真的好傻，丁尔夕好希望摇着妈妈的肩膀问她："你怎么那么傻，这点安全都保证不了。"

"耳朵啊，妈妈不是自杀，没有抛下我们不管哦，你要听一个关于爸爸和妈妈的故事吗？"丁尔夕在医院里已经紧紧地抱过爸爸，现在回到家又紧紧地抱着丁耳朵。

他们一家三口的感情此刻就像丁尔夕的拥抱，被紧紧地包裹着。

第二十四话 ▶▶ 没有结局，才刚开始

丁尔夕没忘了告诉邓医生，邓医生听了以后也同意她的推测："你们妈妈的确有着这个年纪少有的生活仪式感，你说的那个用野果子画画的事情其实她也和我提过，她的确很在意这件事情，在意用野果子画成的你们的小家。付出这样的代价也是她未曾想过的，既然事情已经无法挽回，希望你们可以振作起来重拾生活。"

"谢谢你一直以来对妈妈的照顾。"

"你妈妈说你的理想是做个心理医生，现在这个理想进行得怎么样了？"邓医生像是放下了心理医生的身份，关心起一个故友的女儿来。

"妈妈离开了以后，我就从北京回来了，没有找到与心理咨询相关的工作，也还没有资格自己开一个工作室，为了维持和妹妹的生活，现在暂时在从事其他的工作……但是我从来没有放弃这个理想，还在默默努力，现在爸爸和妹妹的关系也缓和了不少，最近已经开始寻觅合适的机会了。"丁尔夕对邓医生坦诚回答。

"这个城市的心理咨询环境虽然还很差，但是其实已经发展得比以前好

了,依然有很多的挑战。如果你想继续这份理想,我的工作室最近正好缺人,你随时可以给我简历。"邓医生的身份只放下了几秒又重拾起来,一起重拾的还有丁尔夕的理想。

"听到您的手机振动了吗,邓医生?"丁尔夕问道。

"哦,什么意思?"

"我已经把简历给您发过去了,它的电子版一直在我的电脑桌面上放着、手机里放着,它的印刷版一直在我的包里放着,我每天都希望把它发出去。"丁尔夕有些激动。

邓医生对着话筒笑了笑:"好的,我来看看。"

丁尔夕告诉林续自己获得了邓医生心理工作室的试用机会的时候,他正在前往城市书房的路上。

从门口进去的时候,他没忘了看一眼陈见鹿为他署名的那几个文案装置,还在。

在林续想着能不能和陈见鹿像往常一样相处的时候,陈见鹿陷入和田磊突如其来的爱情,跟他都是例行公事的交流。好像一切没什么变化,其实又变了很多,至少林续再也不像以前一样开陈见鹿玩笑了,挺好的。

得知丁尔夕重拾心理医生的梦想以后,林续诚心为她感到高兴,同时很受触动,他突然有了一个决定。

"你好,请问你们负责宣传的主管在吗?我是广告公司的。"林续问城市书房的一个店员。

第二十四话 ▶ 没有结局，才刚开始

"你好，我是城市书房的杨一凡，请问有什么可以帮助您？"店员给林续叫来一个人。

"我看到你们门口的文案好像被人为毁坏了。"

"有吗？"杨一凡立即走到门口，看到海报上果然被谁乱涂了一通。

"谢谢你的告知，这个我会找人处理好。"

"其实正如我刚才所说，我是一个广告公司的文案指导，你们的这套文案也用了好几年，不知道有没有更新的意向？不单单是这个装置，还有宣传手册什么的，我都有一些想法，我是城市书房的忠实客户了，很希望能为它做点什么。"林续递上自己的名片。

"你知道为什么我们好几年都没有换这套装置吗？"杨一凡接过名片笑着问。

"因为你们很喜欢？"

"这不是主要原因。"

"那是……"竟然不是自己想的那样，林续被自己好几年的自作多情乱了阵脚。

"现在的实体店越来越难经营了，大家不是在地铁上刷碎片信息，就是网购更便宜的书，我们也是靠着一些文创产品和咖啡饮食保持书店的正常运转，这已经很不容易，更别说请一个广告公司重新包装了。"

林续思考了一会儿，说："如果我以个人的名义免费给你们服务呢？"

杨一凡不明白面前的这个人玩的什么把戏："你是在开玩笑还是太讨厌我们之前的海报了？"

林续毫不犹豫地回答："我觉得是后者。"

这个海报一直是他心里的一个结，说讨厌也没什么错的。

杨一凡看不出这个事情对城市书房会有什么影响："那你可以试试给我们方案。"

林续接过杨一凡的名片走出城市书房，他做出今天的举动是有原因的。

由于在家里的时候基本不做饭，林续可以算是一个外卖大户。

那天，附近新开了一家蛋糕店，喜欢甜食的他点了一个栗子蛋糕和丁尔夕、丁耳朵一起品尝。蛋糕店的老板应该是很用心地想把这家店做好，所以在外卖盒里放了建议卡，希望获得顾客的建议。

林续吃了一口蛋糕味蕾就被打开了，同时触发了他的职业病，他加了这家蛋糕店的联系方式，给他们两条宣传语，没想到对方特别喜欢，说要给他付费。林续说，付费就不用了，毕竟也是你们的蛋糕给我的灵感，我隔壁的小姑娘很喜欢吃你们的蛋糕，不如你们给我几张蛋糕券吧。

这个事给了林续一个启发，时代已经不一样了，越来越多的小商户都有自己的宣传需求，但是碍于价格，他们从来不会联系专业的广告公司，广告公司也不会理睬他们。

但是如果他以个人的名义为这些小商户服务呢？

他需要自己完成的案例，越多越好。

他已经想好了，从哪里跌倒就从哪里爬起来，如果能拿出让城市书房再次满意的作品，这将成为他以后在推荐自己的时候最好的案例，而他也算是解开了一个长久的心结。

第二十四话 ▶ 没有结局，才刚开始

　　林续回到家马上忙起来，让他特别受鼓舞的是丁尔夕一直陪着他，为了期待已久的新工作，她也要做很多功课。他们把手机放在一边开着语音各忙各的，键盘声和翻书声在空气中交错，就像是大学自习室里一起学习的情侣，林续喜欢这种一起努力的感觉。当瞥到电脑右下角的时间跳过零点，他决定伸个懒腰休息一下。他已经无数次看着时间跳过零点，但是今晚感觉特别不一样。大概是因为有人爱，有想做的事情，才能感受到每天都不一样，都在变得更好，那些普普通通的第二天不配叫作新的一天。

　　今天丁明在医院里有一个采访。

　　"您是一个画家，可以说双手就是您谋生的一切，当虐猫恶徒拿着匕首面对您的时候，您赤手空拳地选择了继续向前，您难道不怕接下来的一切会毁了您的职业生涯甚至失去生命？"

　　"你有小孩了吗？"丁明问这个年轻的女记者。

　　"我……男朋友都还没有呢。"女记者有点不好意思。

　　"那我就告诉你一些为人父母的感想。当你以为你一生中最重要的人被伤害，而且凶手就在你的面前，你的脑中是不会想起自己的职业是什么的，不会想起自己还有多少房子、多少存款，不会想到自己的过去、未来，你的脑中什么都没有。只会想着，我要让他付出应有的代价，哪怕和他同归于尽。"丁明握着丁耳朵的手告诉记者。

　　采访的最后，记者问丁明还有没有什么补充。

　　丁明说："我在出事之前正在筹备一个画展，现在我有了新的想法，我

要和女儿一起举办画展，主题和流浪小动物救助有关，这不是一个商业活动，不知道你们能不能顺便帮忙宣传一下。"

"来啦，欢迎欢迎。"丁尔夕给胡珊珊开门，他们准备举办和流浪小动物有关的画展，想听取一下宠物店老板的建议。

当原来的画展要改变主题，林续就马上提醒丁尔夕可以联系珊珊，丁尔夕当然知道，林续想让她们重新恢复联系，而她也希望这样。

"为什么你会回来，又和耳朵住在这里呢？你最近发生了很多事情吧？"

"很多，太多了，前几天才被吓晕了一回。"

"天哪！怎么了？"

丁尔夕和珊珊开始聊起来各自的生活，丁尔夕觉得这种熟悉的感觉很神奇，她们好像从未陌生过。

聊到夜深的时候突然下起大雨来，胡珊珊说："刚才说耳朵要休息了，我也该回去了，老天爷真是不客气。"

丁尔夕看了一眼柜子上的雨伞。

"你还记得小时候有一次我去你家，也是下这么大的雨吗？"

"记得，然后你就打电话回家，求你爸爸妈妈让你留下来。"

"要不要重温一下当年呢？"

"这个……好像不太方便吧……"胡珊珊有些不好意思，毕竟大家都不是十来岁的小女孩了，毕竟大家已经好几年没有联系，即便今晚聊得很开心，她也不确定就可以回到十多年前的晚上。

第二十四话 ▶ 没有结局，才刚开始

"没什么不方便的。"丁尔夕已经帮珊珊下了决定。

"这雨还真的像那次一样，越来越大了。"胡珊珊看了一眼窗外，接受了丁尔夕的邀请。

两个人粗糙地补充了失联后的几年大家生命里发生的重要的事情，细声细语地躺在床上一直聊到凌晨三点多，说到开心的地方还捂着嘴巴憋住笑。十多年前的那个晚上也是这样的，那时候是为了防止被珊珊的爸妈发现，而现在是为了避免吵到耳朵。两个人都不禁感慨，也许有些东西变了，但是有些东西一直不会变。

丁尔夕有些感谢这场雨。

她知道胡珊珊也会。

画展开始前一天，林续又和丁尔夕去了墓地，最近发生了那么多的事情，丁尔夕有好多话想跟妈妈说，毕竟除了丁耳朵被绑架，每一件都算好事。但是也不能把丁耳朵被绑架这件事排除在外，因为这是一切事情开始转变的源头。

林续为阿姨献上一篮永生花，在之前公司服务过的那家花店里看到这种花，就想到很适合送给伯母，还有什么比永生花更适合陪伴一位爱花的妈妈呢？

"这回我是光明正大地牵着您女儿的手了哦，不像之前一样欺骗您了。"林续开心地对着墓碑说。

"之前是怎么回事？"

"这是我和伯母之间的小秘密。"

"哟,你们还有小秘密。"丁尔夕笑得很开心,"现在该我和妈妈分享一些小秘密了,你先去车里等着我吧。"

"好的,你们慢慢聊,等下我有个小礼物送你。"

"神秘兮兮的。"

"我距离成为一个心理医生越来越近了,妈妈,在邓医生的工作室,下周就去上班。你把那么多秘密存放在邓医生那里,我这样算不算也离你近一点了?我们现在都很好哦,要是你还在就好了,我好想你,妈妈。"一阵微风拂起丁尔夕的长发,就像丁尔夕每次从北京回来妈妈做的那样,她每次都说:"让我看看我们尔夕有没有受委屈。"

林续在车里拿出为丁尔夕准备的入职新工作的礼物———一个他自己做的小稻草人。丁尔夕曾经说过,很多人被心理问题压垮就像被一根根稻草压垮的骆驼,她想做那个为他们拦截稻草的人。而林续呢,想做那个为丁尔夕拦截稻草的人。

后来丁尔夕就一直把这个小稻草人放在自己的办公桌上,对外说的都是她曾经表达的那个意思,但是她自己知道,这是她的生活、她的爱情的守护神。

那天来看画展的人很多,主办方按照丁明的要求,和一个流浪小动物救助组织合作,展出丁明和丁耳朵一起为小公园的流浪猫画的画。

第二十四话 ▶ 没有结局，才刚开始

丁明则为每个带宠物过来的观众免费画一幅小画，很多宠物的主人专门过来，为了能和自己的宠物有一幅小画，也为了丁明父女为流浪小动物做的一切。

陈见鹿作为天喜岛项目的成员也在帮忙，她对林续说："师父，我和田磊要去北京了，我们想去拼一回。"

"你们当然应该去北京，你们必须去北京，不然这辈子都会留下遗憾的。加油呀。"林续发自内心地为他们高兴。

孙老师也专门过来祝贺丁耳朵："画得真棒！"

"谢谢孙老师！"丁耳朵很开心。

一个小男孩抱着一只小猫走到丁耳朵的面前："能让你的爸爸帮我的路飞也画一幅吗？"

丁耳朵看到他的时候愣了一下："你也来了！当然可以呀。"

小男孩说："下次再画漫画，能让我做超级英雄吗？像钢铁侠那样的。"

丁耳朵笑了笑："我可以考虑一下。"

丁尔夕听到他们的对话，走到孙老师的旁边轻声问："这个不会就是上次那个被她弄哭的男同学吧？"

孙老师微笑着点了点头。

小孩子的友谊不就是这样吗，天真又美好。

林续和丁尔夕制作了领养一只宠物的注意事项，避免有人会因为一时好奇和冲动领养宠物，宣传单上用最大的字号写道：领养一只宠物，就要负责它的一生。

珊珊也帮忙回答领养小动物的相关事情，她没有顺便给自己的宠物店做宣传，虽然丁尔夕强烈建议她穿上印着自己店名的围裙，她笑笑说今天是一个公益活动，她不能掺进任何一点商业气息。

　　"不是说带新交的女朋友过来吗？"林续问刚结束一场直播的马前。马前这次的直播比之前的旅游直播受欢迎多了，毕竟喜欢玩游戏的宅男宅女们，或多或少都希望有一只宠物陪伴，马前知道这一点，并且怕他们冲动，还着重宣传了领养须知。

　　"女朋友，她不是早就到了吗？"马前看向珊珊，眼含爱意。

　　"……你们什么时候开始的？"林续和丁尔夕都被吓了一大跳。

　　那天夜聊时，珊珊当然聊到了最近交的男朋友，但是从她的描述里，丁尔夕怎么都没想到那个那么优秀的男人会是马前，丁尔夕不禁感叹情人眼里的对象真的和别人看到的不太一样。

　　一个是宠物店店长，一个是玩具店店长，年轻人的精神世界完全被他们掌控在手里，这么一想还真是挺般配的。

　　后来有一次珊珊主动提起了酒吧事件，丁尔夕不禁惊讶原来林续还有这么勇敢的一面，但是当马前想说出林续是因为谁而勇敢时，马上又被林续用香蕉堵住了嘴。

　　丁尔夕看着自己的家人、男朋友和好朋友都聚在这里做着同一件事，不由自主地流下开心的眼泪，妈妈离开后的委屈和压力，在这一刻仿佛全都得到了释放。

　　"像不像以前香港贺岁片的大团圆结局？"林续用纸巾给丁尔夕擦了擦

第二十四话 ▶ 没有结局,才刚开始

眼睛。

"什么大结局啊,明明才刚刚开始呢。"丁尔夕回答他。

笑起来更好看,林续在自己家门口第一次看到丁尔夕的时候就这样想,正如他现在想的一样。

▶ **后记**

　　这是我的第一篇过十万字的小说，当我打下第一个字的时候，就觉得自己能写出一个好玩有爱的故事，因为我的脑海中已经想好了开头，构思好了几个不错的桥段。当我打下第五千个字的时候，我开始怀疑自己了，天哪，我构思好的那几个桥段，当用文字表达出来的时候，原来几百字上千字就能说完了，接下来怎么办？那种感觉就像是拿着几扇门、一个壁炉、几个装饰品就以为可以建好一个房子了，其实还差很多。

　　说到"桥段"，也想多说几句。我有几年一直有个称呼叫"段子手"，喜欢在网上写一些曲折有趣的小段子。我个人也是情景喜剧的忠实粉丝，喜欢有趣的对话和反转。所以写小说的时候我也会下意识地构思很多桥段，但是写小说不是编段子，如何让它们浑然一体是我从下笔开始琢磨到最后的，最后形成的风格希望大家会喜欢。

　　林续是男主，挺丧一个人，我很喜欢写他的那段话："每个像林续这样痛恨自己的平淡生活的人，都会遇到这样一种时刻：只要一个举动就能像往死水里面砸进一块石头那样，激起层层浪花，让你的生活发生变化，即使这

后记

个变化不一定是好的变化,而你还是选择砸了这块石头,因为浪花也是花啊,太过沉闷的生活,实在需要一朵管他什么花。"这话其实也是写给自己的,写小说虽然艰难,但是我真的想把它完成,我想知道写到最后会怎么样,因为我的生活实在需要一朵"管他什么花"。

丁尔夕是个要成为心理医生的人,我有轻度的焦虑症,每年会看几次心理医生。所以在故事里安排了这个职业,除了故事的需要,也有希望大家注意心理健康的私心。

丁耳朵是这个故事的灵魂,她有一副天使面孔,虽然一直对林续做着小恶魔的事情。丁明、丁尔夕、林续……这些失意的人都因为她而产生关联,获得治愈,从这个角度来说,丁耳朵就是个小天使。

还有田磊和陈见鹿,我挺喜欢这对的。以前看过一部电影叫《和莎莫的500天》,很有感触,爱就是爱,不爱就是不爱,没什么道理的,田磊和陈见鹿生动诠释了这一点。我特别喜欢描写陈见鹿开心做自己的情节,希望大家都谈一个能做自己的恋爱啊。

就感叹到这里吧,我觉得这算一个都市童话,如能让你看得有一点治愈,是我的荣光。

图书在版编目（CIP）数据

心有邻兮 / 一蚊丁著 . – 南京：江苏凤凰文艺出版社，2023.6
ISBN 978-7-5594-7418-6

Ⅰ . ①心… Ⅱ . ①一… Ⅲ . ①长篇小说－中国－当代 Ⅳ . ① I247.5

中国版本图书馆 CIP 数据核字 (2022) 第 242355 号

心有邻兮

一蚊丁 著

责任编辑　周颖若

特约编辑　凌草夏

装帧设计　陈铁棒

出版发行　江苏凤凰文艺出版社

　　　　　南京市中央路 165 号，邮编：210009

网　　址　http://www.jswenyi.com

印　　刷　三河市中晟雅豪印务有限公司

开　　本　880 毫米 ×1230 毫米　1/32

印　　张　7.75

字　　数　172 千字

版　　次　2023 年 6 月第 1 版

印　　次　2023 年 6 月第 1 次印刷

书　　号　ISBN 978-7-5594-7418-6

定　　价　45 元

江苏凤凰文艺版图书凡印刷、装订错误可随时向承印厂调换